Nataly Savina

Love Alice

Der Roman *Love Alice* wurde mit dem Peter-Härtling-Preis ausgezeichnet, der alle zwei Jahre an hervorragende Manuskripte der erzählenden Literatur für Kinder oder Jugendliche vergeben wird.

Nataly Savina

Love Alice

Roman

GULLIVER
von BELTZ & Gelberg

Dieses Buch ist auch als E-Book erhältlich
(ISBN 978-3-407-74415-9)

MIX
Papier aus verantwortungsvollen Quellen
FSC® C089473

www.beltz.de

Lektorat: Barbara Gelberg
Neue Rechtschreibung
Einbandgestaltung: Rothfos & Gabler, Hamburg, unter Verwendung eines Fotos von gettyimages
Satz: Elisabeth Werner
Gesamtherstellung: Beltz Bad Langensalza GmbH, Bad Langensalza
Printed in Germany
ISBN 978-3-407-74526-2
1 2 3 4 5   19 18 17 16 15

In memoriam Jana M. Golovin (1978–1996)

Love Alice

Ich erinnere mich noch, wie ich als Kind einmal meinen Schlüssel verloren habe. Es lohnt sich nicht, einen nachzubestellen, sagte Mama, wir würden bald weiterziehen. Also wartete ich nach der Schule, eine Stunde, manchmal zwei, bis sie nach Hause kam und mir die Tür öffnete. Ich hatte immer Geld bei mir und hätte überall hingehen können, etwas essen, etwas trinken, mich aufwärmen. Aber lieber saß ich auf den Stufen im Hinterhof. Pünktlich um halb zwei trottete die schrullige Nachbarin heraus und streute einen Kreis blasser Körner in den Hof. Das tat sie jeden Tag. Mama sagte, dass Tauben die Ratten der Lüfte seien und die Alte schlicht und einfach verrückt. Ich fand Tauben auch eklig.

Auf einmal öffnete sich eine der Garagentüren, ein Motor heulte auf. Die Tauben reagierten nicht und flogen erst hoch, als der Wagen auf sie zuschoss. Ein Vogel hatte es nicht geschafft, er wurde direkt vor meinen Augen überfahren. Die Taube war sofort tot, der Fahrer im Wagen bremste nicht mal, sondern raste davon.

Stumm betrachtete ich die kleine Taube, die in der Mitte des Körnerkreises lag. Mein Mund war ganz trocken. Plötzlich schien sich der Himmel zu bewegen, es wurde kurz dunkler und laut. Der Taubenschwarm kreiste mit weit gespreizten, staubigen Flügeln und ließ sich wieder auf dem Asphalt nieder. Aber die Tauben kamen nicht zum Körnerpicken. Sie bildeten einen Kreis um die Unglücksstelle. Nur einen Moment betrachteten sie den toten Vogel, der einer von ihnen gewesen war. Dabei wurde es merkwürdig still. Fast als hätte der Wind aufgehört, an den Bäumen zu zupfen, als hätten alle Tauben ihren Atem angehalten. Eklig fand ich die Vögel nicht mehr. Sie waren betroffen. Ihre Stille war feierlich und bedrohlich zugleich und ich bekam eine Gänsehaut. Dann erhoben sie sich und flogen alle zusammen davon.

Wenn etwas Schlimmes passiert, denken die meisten, wie gut, dass es woanders geschehen ist. Dass es nicht mir widerfahren ist. Möglicherweise ist man entsetzt, vielleicht weint man sogar mit den Menschen, die das Unglück erwischt hat. Vielleicht geht man in die Kirche und zündet eine Kerze an, wie Mama das macht. Manche Leute denken, es wäre jetzt gut, eine große Spende zu machen. Aber insgeheim, ganz tief in einem selbst, ist man froh, dass das Unglück an einem vorbeigezogen ist. Wie eine Gewitterwolke, wie der einschlagende Blitz. Man war eben nicht am falschen Ort zur falschen Zeit. Irgendwo im Hinterkopf macht sich die bequeme Lüge breit, es passiere immer nur anderen.

Aber manchmal ist es nicht so. Manchmal trifft es einen selbst direkt ins Mark. Und dann steht man da, gänzlich unvorbereitet. Und so endgültig wie der Tod bleiben die Fragen. Unglück geschieht durch Unachtsamkeit. Und manchmal ist da auch noch etwas anderes.

Die Pikdame

Die Leute sagen, Mama habe ein Charaktergesicht. Ihr schwarz gefärbtes Haar trägt sie glatt und kinnlang wie einen Helm. Das Gesicht stets geschminkt, Karminrot auf den Lippen. Früher wurden getrocknete Läuse zerrieben, um Karmin zu gewinnen, aber heute macht man es wohl anders.

Mama macht das Fliegen nichts aus. Wir fliegen viel und manchmal lange, meistens sehr spontan. Ich mag das Klappern im Flugzeug nicht, nicht die trockene Luft und nicht die schnarchenden Manager in der ersten Klasse. Ich mag nur die Luftlöcher. Beim Start und spätestens bei der Landung freue ich mich darauf. Ich fühle es im Bauch: Gleich geschieht etwas! Etwas Aufregendes, auf das ich lange gewartet habe, etwas, das mein Leben verändern wird. Mama ist es egal, ob wir neben der Notfalltür sitzen oder ob ich bei dem Vortrag über die Sicherheitsregeln zuhöre. Es geschieht, was geschehen soll, sagt sie, jeder hat sein Schicksal. Mamas Meinung nach sollte das Schicksal ihr einen Privat-Jet bescheren. Aber da hat die Vorsehung geschludert und wir sind auf die gewöhnlichen Airlines angewiesen. An meinem Fenster ziehen Nebelfetzen vorbei. Das euphorische Gefühl beim Abflug legt sich meistens ziemlich schnell.

Wir fliegen durch Wolken, und ich stelle mir vor, sie wären eine weiße Wüste aus Zuckerwatte. Die Zuckerwüste scheint unendlich, wie die riesige Torte aus der italienischen Kindergeschichte*, die auf einer Wiese gelandet ist. Alle Kinder aus der Stadt kommen, um die Torte zu sehen. Es könnte eine Schwarzwälder Kirschtorte sein. Sie spazieren im dunklen Schokobiskuit, mitten durch Likörpfützen, an den eingelegten Kirschen vorbei. Sie graben sich hinein, essen verwinkelte Gänge in das Baiser. Tagelang bleiben sie da drin, spielen miteinander und essen Süßes, ohne dass jemand dazwischenfunkt. Ich kann mich nicht erinnern, dass Erwachsene in der Geschichte überhaupt vorkommen.

Mama kauert unbequem auf dem Sitz am Gang. Es sieht vorwurfsvoll aus und soll es auch sein. Unter ihr liegt ein raschelnder Berg auseinandergefalteter Zeitungen. Ich versuche, meine Tut-mir-leid-Miene aufzusetzen, wenn die Stewardess vorbeigeht. Mamas Gesicht strahlt mir aus den Zeitungen entgegen. Das zerknüllte Papiergesicht mit dem immer gleichen Lächeln. *Hannah Blumberg* steht darunter. Ihr Bild in den Zeitungen wird gern mit »unvergessliches Opernerlebnis« und »stilvoller Auftritt« kommentiert. Ihre Stimme ist etwas Besonderes, sie ist ein »Ausnahmetalent«. Ich für meinen Teil kann nichts Außergewöhnliches. Ich zeichne gerne, aber war im Kunstunterricht nie die Beste. Auch nicht in irgendetwas anderem. Das macht nichts, sagt

*»*La torta in cielo*« *von Gianni Rodari*

Mama. Die Künstler seien die Auserwählten, und Künstlerkinder hätten es besonders schwer. Das reiche vollkommen aus. In der letzten Zeit schreiben die Zeitungen auch häufiger von »überraschend kraftvoll« und »gestandene Diva«. Dann wird Mama wortkarg und verbringt viel Zeit im Badezimmer. Auserwählt hin oder her.

Jetzt mischt sie sich in meine Gedanken ein. Ihre Hand rutscht wie ein langer Fisch in meine Richtung und zupft an mir, als würde sie an einer Türglocke klingeln. Wir tragen die gleichen Pullis, die wir bei der Zwischenlandung in Barcelona geshoppt haben. Mama in einem knappen L, ich in einem großzügigen M. In rot-weißen Mustern sind schwarze, aufgespießte Herzen gefangen.

»Pik«, sagt Mama, streckt sich und stupst mich mit dem Finger in die Seite. Sie will die Stimmung auflockern.

»Mir egal«, sage ich und weiche ihren manikürten Fingern aus.

Ich nehme die Spitze meiner Haarschleife aus dem Mundwinkel, hellblau und feucht. Meine Stirn hat auf der Scheibe einen sichelartigen Abdruck hinterlassen. Ich weiß, was sie will, würde mich aber lieber weiter an das runde Glas lehnen und auf die Zuckerwüste sehen. Zwischen den Wolken schimmert dunkel der Wald. Das Flugzeug neigt sich brummend, verzweigte Wasseradern zeichnen sich durch die Baumkronen ab. Mama sagt, sie könne nicht mehr ohne Bedauern auf die Natur schauen. Weil sie die globale Erderwärmung und die Umweltzerstörung so deprimieren. Unschuldige Tiere verenden und fast keiner unternimmt etwas dagegen. Deshalb heben wir auch jeden Plastikmüll vom Boden auf. Die Menschheit stirbt, flüstert Mama mir manchmal abends ins Ohr, deshalb musst du jeden einzelnen Tag genießen. Ich weiß nie, wie man das schaffen soll. Wenn mir langweilig ist, bekomme ich ein schlechtes Gewissen. Man steht total unter Druck. In den letzten Monaten bin ich zur Schule gegangen, habe abends Hausaufgaben gemacht und viel gelesen. Vielleicht schlage ich Mama lieber vor, nicht mehr so viel zu fliegen.

Der Wald wird dichter, manche Stellen sind undurchdringlich schwarz. Von dem versprochenen Wintereinbruch ist von hier aus nichts zu sehen. In solchen Wäldern leben Monster, wenn es welche gibt. Solche, die den Kindern Angst machen, damit sie auf ihre Eltern hören.

Ohne die Augen zu öffnen, murmelt Mama mit ihrer honigsüßen Stimme: »Na los, fang an …«

Als ich als kleines Kind Angst vor Monstern hatte, hat sie mir erklärt, dass es keine gibt. Menschen seien die Monster, sagte sie. Menschen führen Kriege, töten und quälen Tiere. Aber wir beide glauben nicht an den Teufel, auch nicht an Monster, sagte Mama, nur an uns selbst. Ich fand das beruhigend. Auch weil ich keine bösen Menschen kenne. Im Grunde genommen kenne ich überhaupt kaum jemanden – dafür sind wir zu viel unterwegs. Wenn wir Oma besuchen, ist sie meistens zu beschäftigt, wir reden kaum miteinander. Opa ist schon lange tot.

Ich nehme das aufgeschlagene Buch von meinen Knien und fange an, »ausdrucksvoll« zu lesen.

»Ausdrucksvoll« ist Mamas Lieblingswort. Es bedeutet, ungefähr dann, wenn mir etwas peinlich wird, beginnt es, ihr Spaß zu machen.

»Ertastbar mit Fühlwörtern, am Abschiedsgrat«, lese ich laut vor.

Sobald wir im Flugzeug sitzen, will Mama, dass ich ihr etwas vorlese. Gedichte aus ihrer ledergebundenen Ausgabe. Nicht, weil sie sich langweilt, wie ich, sondern weil es gut für mich sei. Unterhalten möchte sie sich mit mir nie. Sie sei müde, sagt sie dann, und schläft schnell ein. Oder sie sagt, sie müsse noch arbeiten. Oder dass sie auch mal ihre Ruhe brauche. Dass sie ihre Stimme schonen müsse. Dann soll ich was malen und es ihr später zeigen. Als wäre ich fünf.

Einmal, als ich mich beschwert habe, dass sie nie mit mir reden will, hat sie gesagt, das infantile Wühlen im Selbst wäre nicht ihr Ding. Vielleicht hat es etwas mit der Bühne zu tun. In der Oper kann ich die tiefsten Regungen meiner Mutter betrachten. Sie verbraucht alle Gefühle unter dem Scheinwerferlicht. Danach kommt sie erschöpft nach Hause. Fühlen ist überlebenswichtig, sagt sie, aber es macht schwach im Alltag.

Ich starre auf die schwarzen Druckbuchstaben und beginne von vorne.

»Ich kann dich noch sehn: ein Echo, ertastbar mit Fühlwörtern.«

Hinten im Flugzeug schreit ein Baby. Mamas Augen klappen auf wie bei einer Puppe, ihre Nase wird spitz. Kinder, speziell Babys, sind auch nicht ihr Ding.

»Mein Gott, jedes Mal, wenn ich fliege, jedes Mal«, schnauft sie lauter als nötig.

Missbilligend schaut sie nach hinten. Das Baby bekundet weiter sein Unbehagen gegen die Welt und grunzt schließlich wie ein kleines, erschöpftes Schweinchen. Dumpf höre ich, wie eine Männerstimme monoton alle erdenklichen Tiere aufzählt, die »müüüde« sind. Das Baby scheint es zu mögen und verstummt. Zufrieden, als wäre die neu gewonnene Ruhe ihr Verdienst, wühlt sich Mama wieder in ihren Sitz und sieht mich auffordernd an. Ich mag dieses Buch nicht und ich mag auch nicht länger ausdruckvoll lesen.

»Fühlwörter? Das verstehe ich nicht«, sage ich.

»Weil du nur aus Langeweile liest, mein Dodo«, sagt Mama und ich kann mein Gähnen nicht unterdrücken.

»Ich lese für dich! Bücher ohne Dialoge finde ich öde. Hier sind nicht mal Bilder drin«, sage ich und werde ein bisschen munterer.

»Diese Gedichte sind hohe Kunst«, antwortet Mama grinsend und schielt zu mir rüber. »Du musst lernen, die Wortbilder zu sehen.«

Die blonde Stewardess neigt sich höflich über Mamas Platz und reicht ihr ein Glas heißes Wasser. Es ist bereits das fünfte. Mama belohnt sie mit einem wohlwollenden Nicken.

Die jungen Frauen sind immer begeistert von Mama. Sie denken, sie könnten was von ihr lernen. Ich finde, Mama behandelt sie herablassend. Aber vielleicht ist es genau das. Wenn ich jetzt nicht aufpasse, ist unser Gespräch gleich vorbei. Ich rutsche zu ihr hinüber, um ihr das Gedicht im Buch zu zeigen. Mama hebt theatralisch ihren Arm in meine Richtung.

»Bleib, wo du bist, Alice! Ich brauche den Raum …«

Ich sacke zurück, hole tief Luft und starre wieder auf die aufgeschlagenen Seiten. Das harte Cover bohrt sich in meine Brust.

»Dein Gesicht scheut leise, wenn es auf einmal … lampenhaft hell wird …«

Das Gedicht beginnt mich zu ärgern.

»Verstehe ich nicht!«

»Das macht nichts«, sagt Mama, »lerne es auswendig. Wenn du älter bist, wirst du dich daran erinnern und weißt sofort, was gemeint ist.«

Ihre Erklärung macht mich wütend. Genauso wie ihre besserwisserische Erwachsenentonlage. Ich bin schließlich kein Kind mehr. Ich bin vierzehn. Ich spüre, wie meine Ohren rot werden, versuche aber, ruhig zu bleiben. Mama hasst es, wenn man sich kindisch aufführt.

»Es wird ja so einiges klar werden, wenn ich älter bin«, sage ich.

Ich weiß erst seit wenigen Stunden, dass wir wieder woandershin ziehen. Mama sagt es mir immer erst im letzten Moment, weil sie abergläubisch ist und sich davor fürchtet, ihr Schicksal zu ändern. Oder ihr Glück zu vertreiben. Die Vorbestimmung ist wankelmütig. Irgendwas ist jedenfalls immer wichtiger, als mich vorzuwarnen.

»Violetta, Mimi, Leonore, Agathe. Woanders bekomme ich diese Rollen nicht mehr. Das habe ich dir erklärt, und du hast es, glaube ich, schon verstanden.«

Mama betont jedes Wort. Als ob ich ein trainierter Dackel wäre, der gerade sprechen lernt. Ich weiß, sie stört es, dass ich wieder davon anfange.

»Ich wäre lieber zu Hause«, sage ich.

Mama bekommt ein genervtes Gesicht.

»Nun, Alice, das geht jetzt nicht. Und wie du stets gerne bemerkst, haben wir kein Zuhause.«

Dann kommt die Pause. Mama hat mir beigebracht, dass ich mich immer auf die Geräusche in meiner Umgebung konzentrieren soll, wenn eine Pause entsteht. Erst wenn ich alle Geräusche zugeordnet habe, darf ich weitersprechen. Mut zur Pause, sagt sie dazu. Ich blättere ziellos in dem Gedichtband.

»Ich bin nicht mehr die Jüngste, Alice. Wenn ich bei der nächsten Premiere gut bin, wird es leichter. Dann können wir uns vielleicht aussuchen, wohin …«

Mama sieht mich ernst an und ich kann nur nicken.

Als sie mir heute Nacht eröffnete, dass sie schon gepackt habe, hat sie mir ein Kästchen in die Hand gedrückt und mich angestrahlt. Darin lag eine goldene Kette mit einem Herzanhänger, wunderschön. Ganz klar eine Bestechung. Aber was sollte ich machen. Sie sah so aufgeregt und glücklich aus. Selbst wenn ich rausgerannt wäre und mit der Tür geknallt hätte, würde sich ja doch nichts ändern.

Ich hätte mir lieber die riesige, weiße Plüschkatze gewünscht. Aber Mama denkt immer an den Wiederverkaufswert der Dinge. Sie schenkt mir am liebsten Sachen aus Gold. Wenn du mal in Not bist, sagt sie, wirst du es immer verkaufen können. Ich denke, dass ich niemals ein goldenes Herz verkaufen würde, das ich von meiner Mutter bekommen habe. Trotzdem lächle ich und umarme sie und flüstere: »Danke.«

Abends im Bett träume ich manchmal im Halbschlaf, wir müssten fliehen. Es ist Krieg oder eine Naturkatastrophe oder einfach nur ein Feuer ausgebrochen. Dann suche ich all meine Schätze zusammen und stecke sie in meine kleine Handtasche. Ein vorausschauend genauer Plan, schnell und effizient. Das würde Mama sicher freuen. Oder wenn wir Einbrecher im Haus hätten - dann überlege ich, wie ich am besten aus meinem Schlafzimmer fliehen kann. Je nach dem Stockwerk, das wir aktuell bewohnen, gestaltet sich die Flucht unterschiedlich. Meistens nehme ich mir einfach vor, aus dem Fenster zu springen. Hauptsache, das Gold nicht vergessen.

Mama richtet sich auf und beugt sich über mein Ohr. Leise singt sie eine Strophe aus *La Traviata*. Ihre Traumrolle und der Grund für unseren spontanen Aufbruch.

»Flora, mein Freund, einiges an Freude verspricht der Ball uns heute – so füllet die Gläser …«

Mamas Tonlage heißt Sopran. Ich wende mich ab und klappe das Buch zu. Ich weiß, dass der Sopran nun verstummt.

»Wenn du dich nicht freuen kannst, betrachte es eben als einen Job«, sagt Mama.

Das sagt sie immer wieder. Jedes Mal, wenn sie mich zu etwas zwingen möchte. Sogar, wenn ich Oma zum Geburtstag anrufen muss.

»Es ist nicht mein Job, dir zu folgen«, sage ich. »Ich könnte auch ins Internat.«

Mama macht ein entsetztes Gesicht. Den ganzen Sommer über habe ich einen Stapel Bewerbungsbriefe für verschiedene Institute geschrieben. Einfach so, zur Beruhigung. Jetzt liegen sie bei Oma zwischen den Bettlaken im Wäscheschrank. »Diese evangelische Jugendherberge, die du mir gezeigt hast? Wir sind Atheisten, Alice.«

»Und glauben ausschließlich an uns selbst …«, murmele ich.

Mama dreht sich weg und kuschelt sich in ihren Paschmina. Das Gespräch ist beendet. Auf meinem Klapptisch steht ihr Pappbecher. Mit einer ruckartigen Bewegung werfe ich ihn um. Aber es bringt nichts. Er ist leer.

Wenn Mama eine berühmte Popsängerin wäre, würden wir gemeinsam Tanzeinlagen erarbeiten, Duft- und Modekollektionen entwerfen. Ich dürfte mir die Haare färben und würde mir zentimeterlange Fingernägel wachsen lassen. Wir bräuchten einen geheimen E-Mail-Account und auch sonst würde alles ganz anonym und undercover sein. Vermutlich hätten wir ein paar muskelbepackte Bodyguards, die unsere Koffer tragen, und die Paparazzi würden uns das Leben schwer machen.

Ich stelle mich unter das Glasdach des Flughafens, weil es regnet. Mama und der Taxifahrer stopfen gemeinsam unser ganzes Gepäck in einen viel zu kleinen Wagen, und ich merke, wie müde meine Beine vom Flug sind. Der Taxifahrer wischt sich die Wassertropfen vom Schnurrbart, wie die Hasen meiner Oma. Er versucht ein schüchternes Lächeln, aber Mama lächelt fremde Menschen fast nie an.

»Schön … heute«, sagt der Taxifahrer.

Mama sieht ihn mit kühlem Blick an und streckt ihm den Zettel mit der Adresse entgegen.

Während der Fahrt schaue ich aus dem Fenster. Wir fahren in einen Vorort, erst eine Schnellstraße lang, dann wieder kleine Straßen. Inmitten von Wohngebieten stehen dicht bewachsene Waldstücke, als wären die Häuser hier in der Wildnis wie Pilze aus dem Boden geschossen. Während wir an einer Ampel halten, entdecke ich ein weißes Kaninchen, das in einem Vorgarten aus einer Topfpflanze hervorlugt und an den vertrockneten Blättern nagt. Ein leeres Schnapsfläschchen liegt daneben auf dem vereisten Boden.

Die möblierte Wohnung, die uns für die Spielzeit zur Verfügung gestellt wurde, ist hell und geräumig. Über den splittrigen Lichtstrahlen auf dem Parkett flimmert der Staub. Der Taxifahrer stellt unsere Koffer und Taschen in eine Reihe.

Ich frage mich, ob ich es schaffe, drei Mal, ohne abzusetzen, darüberzuspringen, als die Türklingel einen schrillen Ton macht.

»Auf die Minute!«, freut sich Mama.

Im Getümmel der Umzugshelfer schlängele ich mich in Richtung Wohnungstür. Wir bekommen einen funktionierenden Kühlschrank und unsere paar Kisten geliefert. Ich kriege eine Kante hart gegen den Kopf und stehe plötzlich draußen. Die Tür fällt mit lautem Krach hinter mir zu. Im Hausflur sitzt einer von der Speditionsfirma und fixiert stumpf die Wand.

»Es ist absolut sinnlos, anzuklopfen«, sagt der Mann, ohne mich anzusehen. »Alle sind beschäftigt.«

»Wie soll ich denn sonst da rein?«, sage ich.

»Sollst du denn rein?«, murmelt der Typ. »Das wäre doch mal eine interessante Frage.«

Ich sehe ihn genauer an, als sich die Tür öffnet und Mama über meinen Kopf in den Flur brüllt. »Alice!« Dann sieht sie mich und faucht: »Mein Gott, muss ich dich jetzt auch noch suchen? Komm rein und hilf mir.«

Der Mann macht mit den Lippen das Geräusch einer geplatzten Kaugummiblase und starrt beharrlich an mir vorbei.

Der Knicks

Ich folge dem Schulleiter durch die grauen Gänge und frage mich, wer eigentlich entscheidet, die Wände einer Schule hellgrau zu streichen? Und weshalb werden in so gut wie jeder Schule diese hilflosen Versuche unternommen, die allgegenwärtige Trostlosigkeit mit Grundschüler-Gematsche aufzupeppen? Durch die Fenster sehe ich, dass die ganze Schule von Wald umgeben ist. Helle Kieswege verlaufen zwischen den Gebäudeteilen. Die Schnellstraße schimmert durch die Bäume. Der füllige Schulleiter schmatzt beim Gehen vor sich hin, als kaute er heimlich einen Kaugummi. Er riecht nach irgendeinem Parfüm, das ich von Mamas Premierenfeiern kenne.

Ich bin feierlich angezogen, es ist mein erster Tag. Mein Rock wippt, meine Schuhe klappern auf den Gängen, ich habe meine Herzchenkette an, der oberste Knopf meines Kleides ist offen, damit man sie sieht. Ich stelle mir vor, ich träfe mich mit einer Königin zum Tee, der in zierlichen Porzellantassen mit niedlicher Blumenranke serviert wird, und der Schulleiter ist der Untergebene, der mir den Weg weist. Wir biegen um die Ecke und passieren eine Reihe verglaster Vitrinen, in denen bunte Molekularmodelle stehen. So steht es jedenfalls auf einem Schild. Ich betrachte mein Spiegelbild mit Molekularen im Gesicht und zupfe meine Haarschleife in Form. Das ist meine Lieblingsschleife, wenn ich auch ab und zu denke, es wäre praktischer, Haargummis zu tragen. Aber Mama hat eine besondere Theorie über das Abschnüren der Haare, weil Haare »atmen« sollen. Haargummis führen zum Haarbruch – Atlasschleifen nicht, sagt sie und lässt sich von Oma immer welche geben. Oma hat eine ganze Schublade voll mit Atlasschleifen. Sie hat auch eine ganze Schublade voller Plastikketten vom Flohmarkt, verrückt bunt, mit Glitter, aber die rückt sie nicht raus. Keiner weiß, wozu ausgerechnet Oma sie braucht. Manchmal behauptet Oma, sie wären »für die Bühne«, und Mama macht dann einen Vogel.

Der Schulleiter verlangsamt die Schritte und richtet seine wässrigen Augen auf meinen Oberkopf. Plötzlich werde ich mir meines neuen Ranzens bewusst, der total penetrant nach Leder stinkt.

»Du siehst traurig aus«, sagt der Schulleiter.

Ich frage mich, ob es bis zu ihm vorgedrungen ist, dass ich bereits fünf Schulwechsel hinter mir habe. Wir gehen durch drei gläserne Zwischentüren, bis er endlich stehen bleibt und seine Hand väterlich auf meine Schulter legt.

»In welche Klasse möchtest du, A oder B?«

»Das ist mir eigentlich nicht besonders wichtig«, sage ich. Meine Stimme klingt in diesen Gängen viel piepsiger als sonst. »Sehen Sie, ich möchte einfach nur nicht dauernd wechseln.«

»Ich sehe rein gar nichts«, sagt der Schulleiter nachdenklich und öffnet die Tür von der 8B. Ich schätze, da soll ich jetzt rein. Er schmatzt noch mal zum Abschied und weist mir den Weg. Dann zwinkert er mir zu.

Ich platze mitten in den Unterricht. Grelles Neonlicht durchflutet den Raum, an den Wänden hängen Landkarten, Zettel und Plakate, der übliche Kram. Die Lehrerin sieht aus wie eine kleine, eingetrocknete Maus. Ihre braunen Äuglein blitzen aus den Furchen ihres Gesichts und versuchen, alles im Blick zu behalten. Mit meinem Kleid, der hellblauen Schleife im Haar und den Lackschuhen fühle ich mich auf einmal wie eine Puppe im Schaufenster.

Ich stehe vorne am Pult und sehe, dass die anderen anders aussehen als ich. Sie tragen Jeans und sportliche Pullis mit Reißverschluss oder Aufnähern. Jeder hat einen eigenen Tisch. Die Jungs strecken ihre Kängurulatschen zu allen Seiten, die Mädchen haben die Beine über Kreuz. Alle haben ihre Namen auf ein Kärtchen geschrieben, damit ich sie kennenlernen kann. *Tuula* ist ein blonder, pummeliger Lockenkopf mit vollen Lippen und einer sich deutlich unter dem Pulli abzeichnenden Oberweite. Neben ihr sitzt *Nesrin*, bunt geschminkt. Ihr rabenschwarzes Haar ist von bunten Haargummis übersät, auf den Schläfen ein dunkler Flaum, sie hat ein erhabenes Profil mit hohen Wangenknochen. Tuula und Nesrin beobachten mich kritisch und kichern einander etwas zu. *Andy*, hübsch und dürr, schaut betont gelangweilt aus dem Fenster. Zwei seiner Kumpels, rechts und links von ihm, haben kaum leserlich *Rainer* und *Stef* auf die Schilder gekrickelt. Sie haben Pickel und beschmeißen sich auf dämliche Jungsart mit abgekauten Radiergummistückchen.

Mein Blick bleibt bei einem Mädchen hängen, das zwei Kirschen auf ihr Schild gemalt hat. Einen Namen hat sie nicht dazu geschrieben. Eine blasse, zierliche Gestalt mit langen, aschblonden Haaren, ganz in Schwarz, mit goldenem Lipgloss. Sie kaut auf ihrer Unterlippe und schreibt etwas in ein zerfleddertes Heft. Neben ihr auf dem Tisch liegt eine Spielkarte.

»Please stand up and say hello to our new fellow pupil … what's your name?«, sagt die Maus.

Es fällt mir nicht sofort auf, dass sie mich meint.

»Alice … Blumberg«, sage ich leise.

Die Klasse schweigt, ebenso die Lehrerin.

»Ich bin nur für eine Spielzeit ... hier«, füge ich hinzu, weil ich das Gefühl habe, es wird noch eine längere Rede erwartet. Keiner rührt sich und ich bin auf einmal ganz erfroren. Bevor irgendein weiterer Gedanke meinen Kopf streift, mache ich auf einmal einen Knicks. Ganz automatisch.

Die Klasse grölt.

»Say hello to Alice«, sagt die Lehrerin völlig unbeeindruckt. Vielleicht hat sie den Knicks nicht gesehen.

»Hello, Alice«, dröhnt mir ein schräg klingender Chor entgegen.

Ich weiß nicht, ob ich darauf antworten soll, und fühle mich schrecklich. Kirsche ist die Einzige, die nicht mitmacht. Ich sehe sie freundlich an, während sie weiter in ihr Heft kritzelt. Sie stellt das Heft wie einen Schutzschild auf. Auf dem

Cover ist ein Bild von einer schwimmenden Ratte, die traurig nach Luft schnappt. Die Lehrerin folgt meinem Blick und lächelt säuerlich.

»This is Kristin. Say hello, Kristin.«

Das Mädchen blickt auf, man merkt, dass sie das Drumherum verpasst hat. Die Lehrerin wird ungeduldig.

»Kristin!«

Kristin drückt den Rücken durch und richtet sich trotzig auf. »Cherry. I've chosen a new name. Please call me Cherry.«

Ihre Stimme klingt tief und saftig, wie wenn man in eine hohle Melone sprechen würde. Mama sagt, die Stimme sei immer schon die halbe Miete, wenn man wissen will, wie jemand drauf ist.

»Kristin, please be nice«, presst die Lehrerin heraus.

»Warum sollte ich, ich kenne sie überhaupt nicht.«

»But it's especially people we don't know that we are polite to«, beharrt die Lehrerin.

Cherry schweigt. Die Lehrerin wartet eine Weile, gibt auf und schnauft wie ein müder Gaul. Es ist ansteckend, auch ich atme tief durch. Die Lehrerin sieht entrüstet über die Klasse.

»Take a seat, Alice«, spricht sie mich an. »Choose one next to someone nice.«

Das letzte Wort betont sie, und ich ärgere mich darüber, dass ich hier gegen die anderen ausgespielt werde. Intrigen gibt es überall, nicht nur im Theater. Cherry vertieft sich demonstrativ gleichmütig in ihr Heft.

Als es zur Pause klingelt, umringen Tuula, Nesrin und andere Mädchen meinen Tisch.

»Woher kommst du?«, gurrt Tuula. Später erfahre ich, dass sie selbst aus Finnland stammt. »Wie lange bleibst du?« Nesrins helle Stimme ist voller Luft.

Ich sehe sie an, zucke die Schultern. Wo soll ich anfangen? Dass wir zuletzt in Japan waren, aber nur kurz, vorher in einer kleinen Stadt in der Nähe von Aachen, davor ... Ob jemand weiß, wie lang eine Spielzeit ist?

Tuula legt ihren Arm um meine Hüfte und zeigt auf Andy.

»Der da ist ein Arschloch, von dem musst du fernbleiben«, sagt sie und lacht satt und zufrieden.

Andy grinst. Es ist klar, dass er der Klassenschwarm ist. Ich nehme mir fest vor, ihn nicht weiter zu beachten. Hübsche Jungs, die wissen, dass sie gut aussehen, sind das Letzte.

»Und das da ist kein Mädchen«, fährt Tuula fort und zeigt auf einen schmächtigen Jungen mit blondem Haar, von dem ich später erfahre, dass er Tuulas Bruder ist. Der Junge winkt, er ist gar nicht beleidigt.

»Alle denken erst, ich sei eins«, sagt er belustigt mit heiserer Stimme. »Ich heiße Kerkko.«

»Und das ist unsere Verrückte«, sagt Tuula und deutet auf Cherry.

»Sie prügelt sich wie ein Junge«, flüstert Nesrin in mein Ohr. »Das kommt vom Karate.«

Andy pfeffert ein Mäppchen in Richtung von Tuulas Kopf, woraufhin sie mich endlich loslässt und ihn schmatzend mit Luftküsschen verfolgt. Sie rennt aus dem Klassenzimmer, als wäre ich plötzlich unsichtbar. Nesrin folgt ihr, Kerkko pult ein Diabolo aus der Tasche und latscht hinterher.

Cherry kritzelt noch immer in ihr Heft, ohne aufzusehen. Ich bleibe auf meinem Platz. Es wird still. Ich hole ein leeres Schulheft heraus und zeichne den dicken Direktor als Raupe und die Englischlehrerin als einen faltigen Apfel.

Während der großen Pause stehe ich alleine auf dem Schulhof. Es ist grau und windig. Cherry steht neben Tuula und Nesrin, die an ihren Handys hängen. Andy taucht plötzlich hinter Nesrin auf und zieht ihr ein paar Haargummis aus den Haaren. Cherry packt ihn an der Jacke und versetzt ihm Tritte gegen das Schienbein. Andy jault, die Mädchen lachen. Auch ich muss lächeln. Andy kreist um Cherry herum, kann sich aber nicht befreien. Vielleicht mag ich ihn doch. Als Cherrys Blick mich trifft, sehe ich weg und packe mein Mittagessen aus. Ein großer, zuckriger Kecks vom Bäcker. Ich beiße rein und merke, dass ich gar keine Lust auf Süßes habe.

In meiner letzten Schule bin ich in der Pause immer auf die Toilette gegangen und habe mich in eine Kabine gesetzt. Manchmal habe ich mir ein Buch mitgenommen, manchmal Musik über Kopfhörer gehört. Die Pausen waren schnell vorbei. Irgendwann haben das ein paar Mädchen mitbekommen und haben sich schweigend vor die Klotür gestellt, bis es geklingelt hat. Weil sie wussten, dass mich das nervös macht.

Ich sehe Nesrin beim Telefonieren zu. Ein pinker Puschel baumelt an ihrem Handy. Nesrin macht affektierte Bewegungen mit ihren Lippen und spaziert kleine Schritte hin und her. Tuula zieht etwas aus ihrem Stiefelschaft. Tuula und Nesrin tragen ihre Handys, Süßigkeiten und Schlüssel in ihren Stiefeln, weil ihre Jeans so eng sind, dass da nichts mehr reinpasst. Ich sehe, wie Tuula Nesrin eine Zigarette zusteckt und ein einladendes Zeichen macht, vom Hof zu flitzen. Cherry winkt gelangweilt ab.

Aus den Augenwinkeln sehe ich, wie ein Mann den Schulhof betritt. Er sieht etwas verloren aus, sein Mantel wirkt zu groß. Die Englischlehrerin scheint ihn zu kennen, sie nickt ihm zu. Er schaut sich suchend um, streicht sein langes Haar hinter die Ohren wie ein Junge. Seine langen, blassen Finger umklammern ein Bündel. Er lächelt gequält und charmant zugleich, aber die Englischlehrerin interessiert sich nicht mehr für ihn. Zu meiner Überraschung rennt ausgerechnet Cherry auf ihn zu.

»Papa, was machst du hier?«, höre ich ihre Stimme. »Hat dich jemand angerufen?«

»Na, Kleines, wo sind die Jungs, die ich mir schon mal vorknöpfen muss? Du siehst toll aus«, brummt der Mann vergnügt und wirbelt Cherry, für seine Statur überraschend, durch die Luft. Er hat eine schöne Stimme, wie Cherry. Und er klingt etwas beschwipst. Cherry befreit sich hastig, es ist ihr peinlich. Gerne würde ich näher herangehen, damit ich sie besser hören kann, traue mich aber nicht.

»Schon gut, Mini«, lacht der Mann. »Ich bringe dir dein Karatekostüm.«

Er spricht viel zu laut, merkt es aber selbst und senkt seinen Kopf. Irgendwie tut er mir leid, vielleicht ist er ja krank.

Er reicht Cherry ein weißes, zusammengefaltetes Bündel. Sie nimmt es und zieht ihren Vater gleichzeitig an der Hand in Richtung Ausgang.

»Das ist nett, Papa. Aber ich habe jetzt immer um acht«, höre ich sie im Vorbeigehen sagen. »Das habe ich dir gestern erzählt. Du brauchst nicht extra herzukommen.«

Als ihr Vater sie zum Abschied umarmen möchte, weicht Cherry ihm aus. Er rechnet nicht damit und knickt ungeschickt zur Seite. Andy schlendert wie beiläufig hinter ihnen her, bleibt aber auf Abstand. Er fixiert Cherrys Rücken, als würde er auf sie aufpassen. Cherrys Vater schmunzelt verlegen, und als er mit Cherry fast am Tor ist, umarmt ihn Cherry doch.

»Mir geht es gut, Papa«, sagt sie beschwichtigend wie eine Krankenschwester. »Aber ich habe noch Schule, okay? Danach komme ich heim.«

Ihr Vater blickt über Cherrys Schulter direkt in meine Augen und ich wende mich peinlich berührt ab. Tuula, die alles beobachtet hat, wirft ihren Kopf zurück, hebt ihre Hand zum Mund und bewegt ihren Daumen hin und her. Nesrin rollt mit den Augen. Außer mir sieht das keiner.

Als die Schule vorbei ist, laufe ich durch den Nieselregen den Kiesweg hinunter. In der letzten Stunde wurden wir aufgefordert, nach Möglichkeit in Gruppen nach Hause zu gehen, »wegen der Sicherheit«. Es ist tatsächlich schon ziemlich dunkel. Mama wartet auf mich mit einem kleinen Mietwagen unweit der Bushaltestelle. Ich bin froh, dass wir nicht mit dem Bus fahren müssen. Immer, wenn wir mit dem Bus unterwegs sind, regt sich Mama über die Leute auf, die mitfahren. Es ist immer etwas für sie dabei – jemand, der schnieft, sich viel zu laut räuspert, zu schrill lacht oder stinkt. »Keine Manieren«, schimpft sie dann, »keinerlei Kultur!« Am schlimmsten ist es, wenn sich jemand laut schnäuzt. In Hannover hat Mama einmal einen Mann laut ermahnt und dann angeboten, ihm vor die Füße zu kotzen. Weil Sie sich dann sicher noch wohler fühlen, hat sie gesagt.

Schnell steige ich ein und freue mich, dass sie die Heizung aufgedreht hat. Ich rutsche tief in meinen vorgewärmten Sitz, damit mich keiner von der Bushaltestelle sieht. Mama betrachtet aufmerksam die Schüler, die bibbernd auf den Bus warten. Dann setzt sie sich auf den Fahrersitz und fragt mit gespielt guter Laune:

»War dein erster Tag auch wunderbar?«

Sie will, dass es mir gut geht. Und denkt, dass jeder Mensch es selbst beeinflussen kann, wie es ihm geht. Aber manchmal hat man keine Lust, etwas zu beeinflussen, und das übersieht Mama komplett. Ich halte die berühmte Pause ein, bis ich das Gefühl habe, Benzin zu riechen.

»Alle anderen in der Klasse tragen Jeans und Turnschuhe.«

»Ja«, sagt Mama.

So was hasse ich.

»Wie, ›ja‹?«

Mama startet den Wagen und sieht mich fest an. Ich betrachte die feinen Linien unter der Augenschminke.

»Weißt du, Alice, du musst dich ein für alle Mal entscheiden. Hast du deinen eigenen Kopf oder willst du so sein wie alle anderen? Aber wenn du weißt, was du willst, wirst du dich nie mehr unwohl fühlen. Wenn du möchtest, gehen wir Samstag los und besorgen dir Jeans. Und diese formlosen T-Shirts.«

Was soll man darauf antworten. Natürlich will ich so sein wie die Menschen mit eigenen Köpfen. Das hat was mit Charakter zu tun. Jeder weiß, dass das zwar schwieriger, aber auch irgendwie besser ist.

»Wann hast du dich entschieden?«, frage ich sicherheitshalber nach.

Mama lächelt stolz.

»Ich wusste es schon immer.«

Als wir an der Bushaltestelle vorbeifahren, sehe ich Cherry. Sie kratzt Papierstreifen von der regendurchnässten Reklametafel ab. Unter ihren Füßen ist ein kleiner Berg aus Papierschnipseln, die wie flatternde Linguini davongeweht werden. Ich finde, Cherry ist ein Freak und sehr sympathisch.

»Sieh dir das bloß an«, sagt Mama kopfschüttelnd.

»Sie heißt Kristin«, sage ich.

Mama nickt.

»Und was machen ihre Eltern beruflich?«, fragt sie.

Mama muss immer wissen, was die Eltern von jemandem machen. Herkunft ist alles. Man kann Mama kaum beeindrucken, es sei denn, man hat total viel Geld oder ein unglaubliches Talent. Wobei Mama sagt, wenn man Talent hat, hat man auch Geld. Ansonsten ist das Talent eine verschwendete Begabung.

»Was weiß ich«, sage ich zickig, »sie ist nicht meine Freundin.«

Zum Abendessen setzen wir uns auf die Couch im Wohnzimmer. Die Stehlampe ist kaputt. An der Wand zeichnen sich die Schatten der halb ausgepackten Koffer und Taschen ab. Statt eines Tisches nehmen wir eine Kiste. Mama holt die Milch und den stinkenden Käse. Sie kramt in einer Tasche und findet unser Silberbesteck. Dann kramt sie noch mehr und holt ein marmornes Dekoei heraus. Triumphierend hält sie es hoch. Ich sehe sie müde an. Das Ei hat sie von Moritz, ihrem treu ergebenen Agenten. Mama legt das Ei zwischen die Blumentöpfe.

»Ich hab's gleich«, sagt sie.

Sie bedeckt die Kiste mit einem Geschirrhandtuch und breitet das Besteck darauf aus. Ich hole die Tüten mit dem Essen aus dem Flur und stecke meine Nase hinein.

»Nicht schon wieder Chinesisch«, sage ich.

»Hätte ich ranzige Individualistenpommes für dich mitbringen sollen?« Mama grinst mich albern an.

Sie hat immer noch ihren künstlich beschwingten Ton.

Alles, was heute passiert ist, ist einfach genauso widerlich wie dieses pappige Essen. Graues Wetter, der schmatzende Schulleiter, die mausige Englischlehrerin, ich alleine auf dem Schulhof, ich alleine in der Klasse, Tuula und Nesrin, die über mich lachen, und keiner, wirklich keiner, der mit mir redet. Jedem Lehrer musste ich aufs Neue erzählen, wer ich bin und warum ich hier bin und was meine Mutter macht. Singen und sterben, habe ich gesagt. Violetta, Carmen, Aida, Turandot, Manon. Keiner stirbt so schön wie meine Mutter, alle weinen dabei. Ich fühlte mich wie ein seltenes Tier, das vor der Versteigerung inspiziert wird.

»Beschweren ist wohl dein Lieblingssport«, sagt Mama.

»Du musst ja nicht zur Schule«, knurre ich.

»Darüber bin ich auch sehr froh, Dodo«, erwidert Mama gutgelaunt. »Aber ins Theater muss ich, morgen übrigens besonders früh. Für mich die Soloprobe, für dich der Bus!«

Mama sieht mich an, als wäre sie gerade aus einer Torte gesprungen. Ich kann ihre Begeisterung nicht teilen.

»Ich hab mich erkundigt«, setzt sie unbekümmert fort, »die Bushaltestelle ist direkt vor unserer Tür, die 42 fährt alle zehn Minuten, acht Haltestellen, und du bist da.«

Mama zaubert eine Monatskarte aus ihrer Handtasche. Ich sehe mir die Karte an, lege mein Besteck weg und werde zu einem schmollenden Klumpen auf der Couch, der sich nie wieder bewegen will.

»Was ist? Ich kann dich nicht dauernd fahren!«, sagt Mama und ihre Stimme klingt kalt.

»Wir sind noch keine Woche hier«, sage ich.

Ich überlege, ob ich das mit dem Sicherheit-Argument untermauern soll, aber es kommt mir übertrieben vor, zumal der Schuss an den Wochenenden nach hinten losgehen könnte.

»Du bist erwachsen genug. Ich in deinem Alter …«, sagt Mama.

»Ich fahre nicht Bus!«

Wenn ich könnte, würde ich schreien. Aber ich kann nicht. Wie soll ich ihr erklären, dass ich mich in der Schule mit niemandem unterhalten will und am liebsten unsichtbar wäre. Mamas Stimme wird lauter.

»Ich erziehe dich zur Selbständigkeit! Du kannst es dir nicht mehr leisten, ein kleines Kind zu sein.«

So was hasse ich.

»Du kannst dir das Kleinsein nicht leisten«, rufe ich, »ich schon! Ich bin nun mal nicht erwachsen! Ich habe keine Soloprobe und wichtige Auftritte! Auch keine Freunde, keinen Papa und kein Zuhause! Nicht mal ein Haustier, weil man die ja nicht im Flugzeug mitnehmen kann!«

Ich merke, wie mir die Tränen die Kehle zuschnüren. Ich werde gleich nichts mehr sagen können und wie immer die Diskussion verlieren. Weil ich so wütend werde, wenn ich mich behaupten muss. Ich springe auf und gehe in mein Zimmer. Immer muss ich heulen, in den wichtigsten Momenten. Ich schlage die Tür hinter mir zu.

»Wieso denn noch ein Haustier! Alice! Komm zurück! … Dodo!«, ruft Mama.

Dann verstummt sie. Vermutlich sitzt sie noch eine Weile ratlos vor unseren Essenstüten und starrt die Reisklumpen an.

Ich lege mich mit den Füßen auf das Kopfkissen und genieße den chemischen Duft frisch gekaufter Wäsche. Dann knülle ich meine Decke zusammen und drücke mein Gesicht hinein. Wenn ich das lang genug mache, werde ich einschlafen, ganz fest. Dann schwebt mein Kopf in kreisenden Bewegungen davon. Mama wird reinkommen und mich langsam ausziehen, zärtlich und behutsam. Sie wird mich unter die Decke schieben und das Licht löschen. Am nächsten Morgen werde ich vielleicht noch den Tränengeschmack in den Mundwinkeln spüren, aber mit der Genugtuung, aufrichtig gelitten zu haben. Ich habe gelitten und Mama ist schuld und hat mich getröstet. Aber das Beste ist der tiefe Schlaf. Es ist der tiefste, den man haben kann.

»Du bist ja selbst ein Haustier«, sagt Mama müde, als sie meine Tür zumacht. Ihre Bühnenstimme hallt zwischen den Wänden und sucht sein Publikum.

Der Fideliovogel

Halb absichtlich verschlafe ich die erste Schulstunde. Der Plan geht auf, kein anderer Schüler weit und breit. Im Bus kritzele ich mit dem Kugelschreiber eine Sonne auf meinen Lederranzen. Draußen ist es auch sonnig, aber elend kalt. Über Nacht ist sogar Schnee gefallen. Meine Sonne ist erst ganz klein, da ich bemalte Ranzen albern finde, wird dann aber immer größer und mit vielen Mustern verwoben. Nach einer Weile muss ich mich richtig zwingen, aufzuhören.

Zwei Sitze mir gegenüber sitzt ein junger Mann. Er ist sicher Mitte zwanzig, hat braune Haare und sieht in seinem Anzug und der Krawatte wie ein Model aus. Als seine Augen beiläufig in meine Richtung wandern, lächelt er mich an. Ich stelle mir mich in seinen Armen vor. Wie ich ihm über das Haar streichle. Ich würde ein hochelegantes Kostüm und hochgestecktes Haar tragen und kiloweise Schminke. An unseren Fingern blitzen Eheringe auf. Wir lächeln uns zu, wie auf einer Postkarte. Ich fühle mich sicher und geborgen bei ihm. Und, wichtig, wie eine Königin. Sekunden später schrecke ich hoch. Hinter dem Fenster zieht meine Haltestelle vorbei.

Ich haste zum Ausgang, bleibe mit meiner Schultasche

peinlich an seinem Sitz hängen und bin kurz davor, ihm vor die Füße zu fallen. Mit tiefrotem Kopf drücke ich den Halteknopf. Der schöne Mann tippt eine SMS und beachtet mich nicht weiter. Ich bin ihm vollkommen egal.

Jetzt muss ich alleine durch den Wald. Der Schnee glitzert vor mir auf dem Kies, es knatscht unter meinen Schritten. Nach einer Weile kann ich mir kaum noch vorstellen, dass ich eben aus einem Bus gestiegen bin. Die Geräusche der Schnellstraße verlieren sich zwischen den schwarznassen Bäumen. Die Gegend ist wunderschön wie im Märchen. Die Luft riecht frisch und sauber.

Ein paar Schritte neben mir stapft ein Fasan durch das Unterholz. Sein buntes Gefieder glänzt, er wendet den Kopf hin und her, blickt mich mit seinem gelben Auge an. Der lange Schweif zeichnet sanfte Striche auf den Schnee. Ich hebe die Hand zum Gruß. Der Fasan macht ein paar wichtige Schritte, sein Auftreten ist von großem Ernst bestimmt. Als wollte er selbst den Bus nehmen und wir wären uns rein zufällig hier auf dem Pfad begegnet. Ich lächle ihn an, weil ich hoffe, dass er keine Angst vor mir hat. Ich frage mich, ob er sich an die Menschen gewöhnt hat, die ab und an durch sein Revier laufen. Vorsichtig hole ich eine Packung Zwieback aus meiner Schultasche. Der Fasan beäugt mich eindringlich. In der Nähe knackt ein Ast. Der Vogel schreckt auf und ich drehe mich um. Aber hinter mir sind nur Schnee und Bäume zu sehen. Unschlüssig überlege ich, weshalb ein Ast auf einmal so laut knacken kann. Der Fasan ist längst über alle Berge.

Schlagartig fühle ich mich unwohl und ich mache mich hastig auf den Weg zum Schulgebäude.

Heute sitze ich direkt hinter Andy. Wir schreiben eine Klausur und es ist ganz still. Papier raschelt, ich schreibe mit. Obwohl meine Klausuren normalerweise nicht bewertet werden. Jeder weiß, dass ich erst seit kurzem hier bin. Gerade weil es mir egal ist, kommen mir die Aufgaben leicht vor. Abgesehen davon bin ich in Englisch und Mathe sowieso ganz gut. Ich bin als Erste fertig, tue aber so, als würde ich noch nachdenken. Ich nestle an meiner Schleife und starre durch die Gegend.

Cherry sitzt in Wollmütze über den Aufgaben und kaut sich das Gold von den Lippen. Andy dreht sich um und sieht mich an. Ich hebe fragend die Augenbrauen, da lässt er genüsslich einen fahren. Ich kann es nicht fassen. Es ist so widerlich. Kurz treffen sich unsere Blicke. Er sieht wirklich gut aus. Andy zieht eine Grimasse, streckt den Arm ganz durch und zeigt mit dem Finger auf mich.

»Du!«, faucht er und dann noch mal ganz laut: »Du!«

Tuula und Nesrin brechen wie einstudiert in Gelächter aus. Ich fühle, wie meine Ohren zu glühen beginnen. Cherry sieht ebenfalls auf.

»Ich war es nicht …«, flüstere ich.

»Du!!«, brummt Andy und seine Kumpels fallen zustimmend ein.

Tuula und Nesrin wedeln künstlich mit den Händen vor ihren Nasen, als würde es entsetzlich stinken. Auf einmal haut

Cherry mit der Faust auf den Tisch und zieht ihre Mütze mit einem Ruck ab. Ihr Haar ist rot gefärbt und steht elektrisiert und glänzend in alle Richtungen ab. Tizianrot, kirschrot, feuerrot, tomatenrot, blutrot. Andy verstummt und starrt sie an. Alle starren sie an. Cherry zeigt Andy den Stinkefinger und vertieft sich wieder in ihre Arbeit.

Nach dem Unterricht laufe ich den Kiesweg zur Bushaltestelle hinunter. Cherry steht mit dem Rücken zu mir vor der Reklametafel. Sie verschwimmt in ihren schwarzen Kleidern mit der grauen Umgebung. Ihr langes, rotes Haar flattert wie eine glühende Fahne im Wind. Sie fummelt wieder an der Reklametafel. Langsam gehe ich zu ihr. Cherry zieht lange Papierschlieren ab und lässt sie vom Wind wegtragen. Ab und zu lehnt sie sich mit dem ganzen Oberkörper gegen die Pappe und atmet den Leimgeruch ein.

Ich gehe zuerst an ihr vorbei, aber nur, um auf der anderen Seite des Plakates wieder aufzutauchen. Kurz halte ich inne und überlege, ob ich etwas sagen soll. Cherry beachtet mich nicht. Sie jedenfalls scheint auch immer entgegen allen Ratschlägen der Schule alleine nach Hause zu fahren. Unter abgepulter Autowerbung kann ich Fragmente einer Fernsehmoderatorin erkennen. Ich stelle mich an die andere Ecke der Tafel und fange ebenfalls an, kleine Papierfetzen abzuziehen. Es geht erstaunlich einfach. Die Plakatschichten sind feucht vom Regen. Man muss mit dem Nagel das Papier anheben, darunter kratzen und es dann ganz langsam nach oben ziehen. Vorsichtig, damit es nicht reißt und der Streifen schön lang, aber nicht zu breit wird. Cherry schielt zu mir rüber, ich halte ihrem Blick stand und rieche an dem frischen Riss, so wie sie es getan hat. Der Leimgeruch erinnert an den Duft von Pfannkuchenteig. Es riecht lecker, wie ein Frühstück bei Oma. Als der Bus kommt, haben wir fast die ganze Reklame zerfetzt.

Meine Hausaufgaben mache ich auf unserer Tischkiste. Ich habe meinen Bademantel ausgepackt und trage ihn mit dicken Wollsocken über meinem Pulli. Ich esse Schwarzbrot und dazu Mandarinen, die perfekte Winterkombination für ein spontanes Abendessen. Der Boden ist eisig, und ich stelle mir vor, ich würde auf einem alten Gut leben, auf dem die Dienstboten schon lange nicht mehr den Kamin beheizen. Und da unsere Ernte verdorben ist und die Plantage pleite, haben wir Kühe und Pferde verkauft. Alles, was mir geblieben ist, ist diese eine Kerze, die ich mir angezündet habe.

»Ich habe eine Überraschung für dich, Dodo mio«, höre ich Mama hinter meinem Rücken.

Sie trägt Theaterschminke und duftet nach viel Parfüm und passt überhaupt nicht auf meine verarmte Plantage.

»Ich bin kein Dodo«, sage ich.

»Du hast überhaupt keinen Humor, genau wie deine Großmutter. Ich habe dir ein Haustier mitgebracht«, sagt Mama und hält triumphierend einen zotteligen Plüschvogel hoch.

Sie bewegt seinen Kopf, die schwarzen Perlen in den Plastikaugen rollen wie wild hin und her.

»O namenlose Freude!«, singt sie dazu.

Es ist aus *Fidelio*. Ich möchte gerne ernst bleiben. Es gibt wirklich nichts Lustiges in meinem Leben.

»Möglicherweise vergisst du, etwas zu sagen«, sagt Mama schließlich, nach dem wir beide lange genug geschwiegen haben.

Ich stehe auf und gehe zur Fensterbank. Darauf liegt neben einem vertrockneten Blumenstrauß das schwere Dekoei aus Marmor.

»Danke, Mama«, sage ich. »Kann ich das hier auch haben?«

Mama betrachtet irritiert das Ei in meiner Hand.

»Du brauchst dich nicht zu wundern, wenn du so keine Freunde findest, Alice. Du bist sonderlich.«

Ich nehme den Vogel aus ihrer Hand und gehe wortlos in mein Zimmer.

»Versumpft in Gedanken?«, ruft sie mir nach.

»Ich werde doch noch denken dürfen!«, motze ich und schließe die Tür.

Dann öffne ich sie leise wieder und beobachte Mama heimlich. Ich sehe, wie sie ans Fenster tritt. Wenn sie jetzt traurig ist, ist es meine Schuld. Mama streckt langsam ihr Gesicht der dunklen Fensterscheibe entgegen und hinterlässt darauf einen roten Abdruck ihres Mundes.

Die wenigen Möbel in meinem Zimmer sind weiß. Ich hole einen flauschigen Wollschal, ein paar Halstücher und Wollstulpen aus meinem Schrank heraus und baue am Kopfende meines Bettes ein Nest. Es ist rund, weich und sehr gemütlich. Ganz tief, in die runde Mitte aus Tüchern, verstaue ich den Plüschvogel, obendrauf lege ich vorsichtig das Marmorei. Dann beuge ich mich zu dem Ei und horche.

»Ich werde dich ausbrüten«, sage ich leise zu meinem Ei.

Dann lege ich meinen Bademantel ab, knipse das Licht aus und setze mich in Slip und Pulli auf das Nest. Ich finde eine bequeme Haltung, schwinge ein paar Mal meine Arme wie Flügel und lege meine Hände dann auf dem Rücken zusammen. Es ist inzwischen stockdunkel. Ich sehe aus dem Fenster in die Nacht. Dicke Schneeflocken tanzen dort im Lichtkegel der Laterne eine wilde Polonaise.

Cherry treffe ich am nächsten Morgen als Erste. Es ist so früh, dass die leeren Gänge in meinen kalten Ohren wie ein Vakuum rauschen und Cherry wie ein Astronaut darin umherwandert. Sie kommt stark geschminkt von der Toilette, leuchtend blau um die Augen. Ihre Lippen tragen wieder das Goldrosa. Ohne mich zu bemerken, steckt sie ihre Schminksachen in die Tasche und läuft in Richtung unseres Klassenzimmers.

»Kristin! Warte auf mich! Kristin!«, rufe ich.

Aber Cherry schließt die gläserne Zwischentür hinter sich, als wäre ich Luft. Als ich die Tür aufstoßen will, hält Cherry sie zu. Überrascht drücke ich automatisch fester. Cherry stemmt kräftiger dagegen, aber ich mache ein trotziges Gesicht und gebe nicht auf. Dabei lächele ich, weil mir sonst nichts einfällt und ich nicht unhöflich sein möchte.

»Und wenn ich Cherry sage, darf ich dann durch?«, frage ich kokett. Es ist so albern.

»Du brauchst mir nicht hinterherzulaufen«, sagt Cherry sehr deutlich.

Ich sehe sie an, während mein Bauch gefriert.

»Du gehst ja doch wieder weg«, fügt Cherry hinzu.

Ich sehe sie verständnislos an, was sie aber noch mehr zu ärgern scheint.

»Was heißt das, weg? Ich bin doch da«, antworte ich unsicher und drücke weiter gegen die Tür.

Cherry stemmt sich dagegen.

»Hau ab!«, brüllt sie auf einmal mit solcher Wucht, dass ich Angst bekomme.

Ich lasse die Tür los und sehe, wie Cherry vor unserem Klassenzimmer Andy schubst und Andy mit gespreizten Armen mit Absicht auf Tuulas Busen fällt.

Den Rest des Tages behandelt sie mich wie Luft, während mir die Winterkälte in die Glieder zieht. Nach der letzten Stunde lasse ich auf der Toilette so lange warmes Wasser über meine Hände laufen, bis alle anderen gegangen sind. Dennoch treffe ich Cherry an der Bushaltestelle; schenke ihr aber demonstrativ keine Beachtung. Ich warte mit hochgezogenen Schultern am Bordstein, so weit weg von ihr wie nur möglich. Als der Bus endlich kommt, sind wir beide erleichtert.

Im Bus geht Cherry nach hinten durch, ich bleibe in der Mitte stehen. Ich merke, dass sie mich beobachtet, und richte mich triumphierend auf. Gerade da fährt der Bus eine steile Kurve und ich greife nach der Haltestange über meinem Kopf. Sie ist zu hoch, ich mache einen Sprung und klammere mich mit den Händen daran fest. Wie ein Affe hänge ich jetzt an der Stange und schlackere hin und her. Je schneller der Bus wird, desto heftiger. Die Erwachsenen schauen empört, das gefällt mir besonders gut, deshalb beschließe ich, einfach dort oben hängen zu bleiben. Cherry gluckst. Auf einmal hängt sie auch an der Stange. Der Bus nimmt an Geschwindigkeit zu. Unsere Körper pendeln hin und her, und wir kichern, wenn der Bus wieder in eine Kurve kommt. Als Cherrys Haltestelle kommt und die Bustüren zu beiden Seiten aufklappen, lässt sich Cherry fallen und springt heraus. Sie winkt, als die Bustüren sich schließen.

Zu Hause finde ich Mama in ihrem Zimmer. Sie schläft unter einem Haufen von Zeitungsseiten. Ihre Hände ruhen auf dem Kulturteil, die Finger mit dunkelroten Fingernägeln weit gespreizt. Ich rieche vorsichtig an dem Lack, er ist noch ganz frisch. Die Nachttischlampe ist an, die Glühbirne summt leise. Ich setze mich auf die Bettkante und betrachte Mamas Gesicht. Die kantigen Wangenknochen, die Hakennase, die vollen Wimpern. Irgendwann muss sie ein Kind gewesen sein. Ohne Charaktergesicht, nur Kulleraugen und die hohe Stirn, wie bei einem Alien.

Ich schiebe die Zeitungen auf den Boden. Auf einer Titelseite sind zwei Fotos von Mädchen in meinem Alter abgedruckt. Das eine Mädchen lächelt in die Kamera. Das andere schaut ernst, im Hintergrund steht eine Geburtstagstorte. Die Bilder sind wie Todesanzeigen schwarz umrandet. Ich versuche, nicht zu laut zu rascheln, und überlege, was ich tun soll. Einen Tee kochen vielleicht.

Auf dem Beistelltisch entdecke ich ein gerahmtes Foto: Mama mit mir als Baby. Früher war noch ein Mann mit auf der Aufnahme, den hat sie irgendwann abgeschnitten. Ich schätze, es war mein Vater, bin mir aber nicht sicher. Jetzt passt das Bild genau in den Rahmen.

Mama träumt, ihre Augäpfel flattern hin und her. Hannah Blumberg ganz privat. Ich nehme ihr leeres Wasserglas und schalte das Licht aus. Eine seltsame Wärme, ein Gefühl großer Liebe erfüllt mich. Oma weiß, was für ein inniges Team ich und Mama abgeben. Sie ist deshalb eifersüchtig. Manchmal hält Oma Mama vor: Alice wird später genauso kalt wie du, dann wird es dir leidtun. Als wäre ich nicht mit im Raum. Ich hoffe, dass sie lügt und ich niemals so herzlos zu Mama sein werde, wie sie zu meiner Oma ist. Dennoch, die Prophezeiung verfolgt mich, manchmal habe ich Angst, dass sie recht behält.

Ich stelle Mamas Glas in der Küche ab, hole mir eine Packung mit Vanilleeis aus dem Kühlschrank und kratze daraus mit einem Messer Eisflocken in eine Schüssel. Auf dem Tisch steht eine angebrochene Flasche Weißwein und Mamas geliebter Kaffeelikör. Langsam kippe ich mir aus beiden Flaschen etwas über mein Eis und garniere das Kunstwerk mit einem Löffel Ananasmarmelade. In der Wohnung ist es still, ich kann nur Mamas Lieblingswecker ticken hören. Dieser Wecker verfolgt uns überall. Er hat die Form von einem quietschgelben Küken und tickt so laut, dass man vom bloßen Zuhören schon nervös und hektisch wird.

Mit meinem Eisgericht in der Hand gehe ich in mein Zimmer, krümele mich auf mein Nest und schließe die Augen. Die Alkoholpfützen lassen das Eis schmelzen, der Geruch von Kaffeelikör schlägt mir entgegen. Ich stelle mir Cherry vor. Wie wir nebeneinander auf den Bus warten. Ich möchte mir auch vorstellen, wie ich mit ihr spreche, aber es funktioniert nicht. Selbst in meinem Kopf macht Cherry, was sie will.

Der Kürbisgeist

Am frühen Morgen gehe ich ohne Frühstück aus dem Haus. Mama hat verschlafen. Ich hatte ihren tickenden Wecker in ein Handtuch eingewickelt und ins Badezimmer verfrachtet. Anstatt mit mir zu schimpfen, hat sie mir eine prall gefüllte Einkaufstüte vor die Zimmertür gestellt. Winterklamotten, superbunt und zugegebenermaßen ziemlich lässig.

Zur Sporthalle müssen wir Mädchen durch die halbe Schule. Mit grummelndem Magen laufe ich den anderen nach, wir haben alle unsere Turnbeutel dabei. Die Jungs spielen draußen Fußball. Für mich ist es wie ein Trauermarsch, weil ich nichts Schlimmeres kenne als Sportunterricht. Eigentlich finde ich sogar, dass es verboten sein sollte, Menschen zu so etwas wie Sport zu zwingen. Es ist körperliche Belästigung, von der erhöhten Verletzungsgefahr mal abgesehen. Von Volleyball bekomme ich zittrige Hände und Blutergüsse auf den Unterarmen. Beim Völkerball habe ich den Ball einmal so heftig abbekommen, dass ich eine gefühlte Ewigkeit nicht einatmen konnte. Und ich bin immer die Allerletzte, die in eine Mannschaft gewählt wird. Die anderen spüren, wie widerwillig ich Sport mache.

Je mehr ich darüber nachdenke, desto langsamer werde

ich. Als wir an einer geöffneten Tür vorbeikommen, bleibe ich stehen. Es ist ein verwinkelter Raum mit einem kleinen Fenster, neben dem Biologiezimmer. An der Wand hocken verstaubte ausgestopfte Tiere in alten Vitrinen. Es riecht zwar nach Tabak und Kaffee, aber das Zimmer ist leer.

Unter dem Tisch entdecke ich einen Käfig. Neugierig betrete ich den Raum. Im Käfig sitzen drei Feldmäuse mit glänzendem Fell. Sie sind sehr süß, ich verliebe mich auf der Stelle in alle drei. Eine Feldmaus springt in ihr Laufrad, es quietscht. Genau so was wünsche ich mir, denke ich. Wenn ich bloß die Mäuse mit nach Hause nehmen könnte. Ich wüsste ganz genau, wo ich den Käfig hinstellen würde. Ganz bestimmt nicht unter einen Tisch an die Heizung.

»Wenn ich so was Süßes hätte …«, höre ich auf einmal Cherrys Stimme neben mir, »es würde alles viel mehr Sinn machen.«

Ich nicke und sehe sie an, aber Cherry fixiert die Mäuse im Käfig.

»Und mein Vater ist allergisch. Aus der Traum!«, sagt sie betrübt.

Bevor ich antworten kann, dreht Cherry sich um und läuft den anderen hinterher.

Nach dem Sport bin ich die Letzte, die aus den Umkleidekabinen kommt. Fast alle Mädchen aus meiner Klasse haben nasses Haar, weil sie es sexy finden, mit nassem Haar vor den Jungs herumzuhängen. Sie vergleichen ihre Shampoos und wie die Haare danach riechen. Ich beobachte Tuula und Nesrin, die verschwörerisch vor der Toilettentür tuscheln. Tuulas Shirt ist von ihren Haaren ganz nass, genau über ihrem Busen. Nesrin hat ihr orientalisches Prinzessinnenhaar zu einem losen Zopf gebunden, als sei es ihr egal, wie sie aussieht. Was es natürlich nicht ist.

Cherry hat mich die ganze Sportstunde ignoriert. Ich nehme mir vor, mich nicht länger darüber aufzuregen, aber es wurmt mich. Da Cherry ein Naturtalent ist, was den Sportunterricht angeht, frage ich mich, ob es nun meine Trägheit ist, die mich aus dem Kreis ihrer potentiellen Freundinnen herauskatapultiert hat. Sie stellt sich zu Tuula und Nesrin, unsere Blicke treffen sich und ich ziehe meine Mundwinkel ein wenig hoch. Cherry nickt zaghaft – und wendet sich wieder ab.

So oft, wie wir umziehen müssen, kommt es ständig vor, dass ich alleine bin. Mama bekam schon immer Komplimente für mich, weil ich bereits als kleines Kind in Restaurants stundenlang still sitzen und mich mit mir selbst beschäftigen konnte. Ohnehin finde ich es schwierig, mit vielen Mädchen gleichzeitig befreundet zu sein und immer dazwischenzuschreien, wenn drei oder vier miteinander reden. Ich finde es auch lästig, über Dinge zu sprechen, die *in* sind. Meistens mögen mich die anderen sowieso nicht, weil ich eingebildet wirke. Das hat mir mal ein Mädchen gesagt: Meine Klamotten würden es geradezu beweisen. Irgendwann sagte sie, ich würde alle mit meiner Art provozieren. Es war nicht aus ihr herauszubekommen, was sie damit wirklich meinte.

Andy überrennt mich von hinten und zieht mich an den Haaren. Ich habe den Eindruck, dass er sich für mich besonders erniedrigende Ärgernisse ausdenkt. Ich hebe die Hand, Andy verzieht sein Gesicht schon wieder zu einer Grimasse, aber zu seiner Überraschung lächele ich. Ich gebe dem überraschten Andy eine Kopfnuss.

»Du Honk!«, sage ich ganz nonchalant und gehe zurück ins Klassenzimmer.

Inzwischen sitze ich jeden Abend täglich eine Stunde auf meinem Nest. Heute lerne ich hier Vokabeln. Mama meint, Kinder würden Sprachen schneller lernen und begreifen. Quasi von alleine. Je mehr Sprachen, desto besser, sagt sie, die Sprache sei schließlich kein Koffer und man müsse sie nicht mit sich herumschleppen. Ich halte das für ein Gerücht. Nur weil ich jünger bin, fällt es mir nicht leichter, Vokabeln zu lernen. Nein, ich habe es schwerer, weil ich jünger bin, denn ich muss mich zusätzlich mit meinen Problemen abplagen und dann auch noch mit dem, was die Erwachsenen nicht auf die Reihe bekommen: Ihre Schweigepausen, ihre Streitereien, ihren schlechten Unterricht.

Vor meinem Fenster geht die Laterne an. Das ist ein Zeichen. Ich lege mein Vokabelheft weg und mache das Licht aus. Dann hole ich unter der Decke Mamas Gedichtband hervor. Das Marmorei drückt von unten unbequem gegen meinen Oberschenkel.

»Ich muss schon sagen, dieses Ausbrüten ist nicht ohne! Ich freu mich schon, wenn's vorbei ist«, sage ich laut.

Man soll erwiesenermaßen mit den Babys im Mutterbauch sprechen. Das gilt ganz bestimmt auch für Eier, die man ausbrütet. Der Plüschvogel unter dem Ei ist ja schließlich auch schon da. Ich lege mir Mamas Gedichtband auf den Kopf und balanciere das Buch im Sitzen.

»Dein Gesicht … lampenhaft hell … lampenhaft hell …«, wiederhole ich immer wieder, bis das Buch von meinem Kopf herunterfällt.

Einmal hat Mama geträumt, dass sie bei Gott ist und er sie fragt, ob sie noch mal jung sein möchte. Mama fragte Gott, ob sie dann auch wieder zur Schule müsse. Selbstredend, antwortete Gott, alles wie gehabt, früh aufstehen und zur Schule gehen inklusive. Mama überlegte und sagte, dass sie dann lieber aufs Jungsein verzichtet.

Als Tochter meiner Mutter sehe ich keine Chance für mich, die Schule gut zu finden. Natürlich befinde ich mich noch mittendrin, aber nur unter dem Vorbehalt, dass es irgendwann vorbei ist. Ich stehe abseits des Geschehens und versuche aufrichtig, die Pausen schmerzfrei hinter mich zu bringen.

Ich suche mit den Augen nach Cherry und entdecke überrascht, dass sie gerade ihre und meine Sachen aus dem Schulgebäude trägt.

»Wohin so eilig, Cherry?«, flötet Tuula, die mit Nesrin schon auf sie gewartet hat.

Cherry beachtet Tuula aber nicht und steuert auf mich zu. Auch ich gehe auf sie zu, wie ein hypnotisiertes Kaninchen.

Absurderweise schießt mir der Gedanke durch den Kopf, sie wolle mich verprügeln. Cherry drückt mir meine Sachen in die Hand.

»Wir gehen«, sagt sie bestimmt.

»Haben wir frei?«, frage ich und beiße mir für meine Dämlichkeit auf die Lippe.

Ich weiß auch nicht, woher das kommt, aber ich habe einfach ein Talent für unnötige Fragen. Cherry blinzelt mich an.

»Hast du Angst, etwas zu verpassen?«

Wir rennen. Mein Herz hüpft. Cherry und ich. Hinter uns verschwindet die Schule zwischen den borstigen Tannen. Unsere Stiefel hinterlassen auf dem verschneiten Weg Spuren, die immer tiefer in den dunklen Wald führen. Die Kieswege haben aufgehört, die Bushaltestelle ist in der anderen Richtung, ich habe keine Ahnung, wo wir hinwollen. Cherry singt keuchend und grinsend.

»Der Elefant war groß, so groß und aß sein Brot am liebsten kross. Er war so stolz und liebte Walzer – sag, willst du etwa mit mir balzen?«

Ich sehe sie an. Cherry ist besonders hübsch, wenn sie im Wald singt, beschließe ich. Dann ist sie nicht mehr blass und motzig, sondern einfach nur wunderschön. Sie bemerkt meinen Blick und lacht, wobei ihr bei dem ganzen Rumgehüpfe ein komisches Grunzen entfährt.

»Wohin rennen wir?«, hechele ich.

»Hauptsache, wir rennen!«, ruft sie und lacht wieder.

Also rennen wir. Cherry wirft ihr rotes, langes Haar nach

hinten und singt, während ich kaum genug Luft zum Atmen bekomme.

Der Pfad wird breiter und der Wald lichtet sich. Der Himmel wirkt jetzt heller, wie die blasse Pappe einer Kulisse. Wir klettern über große Granitsteine, die als Abgrenzung zur Straße aufgehäuft sind, und springen auf den Bürgersteig. Ich haste Cherry hinterher, die genau weiß, wo sie hinwill.

Vor dem Schaufenster eines kleinen Ladens bleibt sie stehen. Hinter dem fleckigen Glas sind Karnevalskostüme und Scherzartikel drapiert, unübersichtlich und staubig. Cherry winkt mir, ihr zu folgen. Von dem dröhnenden Klang einer Glocke begleitet, stoßen wir die Tür auf und stehen zwischen hohen Regalen. Bis zur Decke sind sie mit glitschigen Gummispinnen, schrägen Masken, falschen Zigaretten und kleinen Skelettmodellen vollgestopft. Ich weiß gar nicht, wo ich zuerst hinschauen soll, der Laden ist eine Fundgrube. Ich schnappe mir ein Nagellackfläschchen, das so aussieht, als sei es umgekippt und ausgelaufen. Täuschend echt. Kann man so überall hinstellen. Wir wandern zwischen den Regalen und zählen unser Taschengeld.

»Kommen Tuula und Nesrin auch mit dir hierher?«, frage ich leise.

»Wenn die wohin gehen, dann nur, um sich betatschen zu lassen«, sagt Cherry beiläufig.

»Vom Andy?«, hake ich nach.

»Was weiß ich. So wie der an ihnen klebt«, sagt Cherry und hält mir ein Fläschchen falsches Blut entgegen.

»Ich find ihn süß«, sage ich und bin gleichzeitig nicht sicher, ob es eine gute Idee ist, das zu verraten.

Cherry sieht mich mit hochgezogenen Augenbrauen an und fängt an, mit Tuulas Stimme zu wiehern.

»Andy, mein Stift ist weg! Wo ist der denn, mein Stift? Kannst du nicht mal nachgucken? In meinem Höschen?«

Ich mache Andys schlaksige Haltung nach, schiebe die Schultern nach vorne und lasse die Arme baumeln.

»Oh, Tuula, ich würde so gerne, aber ich kann nicht, ich muss doch schon bei Nesrin suchen«, äffe ich Andy nach. Cherry lacht.

Dann verschwindet sie um die Ecke, und als ich ihr folge, schmeißt Cherry eine Gummischlange auf mich. Ich kreische und wir müssen wieder lachen. Auf einmal raschelt ein Perlenvorhang und der Ladenbesitzer tritt hinter den Regalen hervor. Er ist dick, alt und trägt einen Reif mit Katzenohren über dem schütteren, fettigen Haar. Wir verstummen. Der Ladenbesitzer sieht schräg aus und schaut uns schief an. Ich trete hinter ein Regal und stelle das falsche Blut wieder zurück. Der Mann ist mir unheimlich. Cherry aber baut sich mutig vor ihm auf und spricht ihn an.

»Ist das alles, was Sie haben?«, fragt sie, als spielten wir Kaufmannsladen.

»Das hängt davon ab, was du haben möchtest«, schleimt der Fettwanst.

»Irgendetwas Gruseliges«, sagt Cherry.

»Wenn du lange genug suchst, findest du auch das«, antwortet der Mann und kneift die Augen zusammen.

Ich rufe Cherrys Namen von der hintersten Ecke des Ladens, damit er sie in Ruhe lässt. Als sie zu mir kommt, halte ich ihr eine Packung Pasta entgegen. Kleine Nudeln in Penisform.

»Sie werden groß, wenn man sie kocht«, lese ich flüsternd auf der Packung. Cherry schnauft belustigt, als jemand direkt hinter uns schnurrt. Hinter Cherry steht wieder der Ladenbesitzer mit seinem schleimigen Grinsen, beide Hände in den Latzhosentaschen.

»Kommt ihr zurecht?«, fragt er und sieht Cherry direkt an.

Es ist nicht sicher, dass er spinnt. Vielleicht macht er bloß Spaß. Aber ich nehme Cherry an der Hand und ziehe sie zur Kasse, damit wir hier schnell wegkommen. Draußen brechen wir in Gelächter aus und können kaum aufhören. Irgendwann fleht Cherry darum, endlich innezuhalten, da sie sich sonst vor Lachen in die Hosen mache. Dummerweise müssen wir nur noch mehr lachen.

Wir entscheiden uns durch den Wald nach Hause zu laufen. Cherry versucht, mir zu erklären, wie die einzelnen Pfade und Wege zusammenhängen, wo ich und wo sie wohnt. Es ist gar nicht so weit auseinander. Ich nicke zwar eifrig, aber begreife rein gar nichts. Wir klettern über die Granitsteine an der Schnellstraße entlang, bis sich eine Lücke zwischen den Bäumen findet. Da tauchen wir ein und kämpfen uns wie Tropenforscher mit langen Macheten durch die jungen, spitzen Büsche.

Schneeklumpen drücken sich in den Schaft meiner Stiefel

und rutschen kalt bis zu meinen Fesseln hinunter. Hinter einer Wiese erstrecken sich Lauben und Schrebergärten. Wir klettern über die wackeligen Holzgatter von einer Gartenparzelle in die andere, um auf die andere Seite der Waldlichtung zu kommen. Plötzlich bleibe ich stehen.

»Schau mal«, rufe ich.

Auf der schwarzen Erde liegt ein großer, leuchtend gelber Kürbis. Sein grüner Stiel wirkt so unpassend dünn und schwach, es ist kaum vorstellbar, dass der Kürbis daran gewachsen ist. So einen hatte Cinderella, als die Fee ihr eine Kutsche zauberte. Er sieht aus wie gemalt.

»Riesig«, sage ich.

Wir stehen eine Weile so da, ehrfürchtig und still, bis Cherry auf einmal mit dem Fuß ausholt und mit Schmackes in die glänzende Kürbisbacke tritt. Der gebrochene Rand ist nun schmutzig von ihren Stiefeln. Der perfekte Kürbis ist verwundet, das Fruchtfleisch schaut weich und verletzlich aus dem Loch. Ich bin entrüstet.

Cherry sieht mich nicht an, geht zu einem hohen Drahtzaun und klettert darüber. Dann dreht sie sich zu mir, ihre Augen leuchten vor Trotz.

»Warum hast du das getan?«, frage ich leise.

»Was weiß ich«, sagt Cherry achtlos. »Weil mich das Arschloch mal geärgert hat, dem das hier gehört.«

Sie spuckt zur Seite, wie ein Junge.

Mir tut der Kürbis furchtbar leid. Ich erinnere mich, wie ich einmal im Fernsehen eine Sendung über Gemüsewettbewerbe gesehen habe. Jetzt stelle ich mir das enttäuschte Gesicht des Kürbisbesitzers vor, der nun auf keinen Fall mehr bei einem Wettbewerb mitmachen kann.

»Und du, willst du hier auf ihn warten?«, fragt Cherry. Ihre Stimme klingt scharf, sie ist fest entschlossen, meine vorwurfsvollen Blicke zu ignorieren.

Ich versuche, über den Drahtzaun zu klettern. Die Maschen sind klein und schneiden mir in die Finger. Ich wundere mich darüber, wie schnell und einfach es bei Cherry ausgesehen hat. Als ich oben bin, beginnt sie, mit beiden Händen heftig am Zaun zu rütteln.

»Hör auf!«, kreische ich, der Zaun biegt sich vor und zurück und ich klammere mich daran wie eine Spinne im Sturm.

Cherry reagiert nicht auf meine Schreie. Sie schmeißt sich mit ihrem ganzen Körper ins Zeug, aggressiv wie ein Wachhund. »Jaaa! Der Kürbisgeist kehrt zurück!«, brüllt sie dabei wie eine Irre.

Ich kann mich nicht halten, meine Stiefel rutschen aus und meine Finger krampfen, ohne etwas festzuhalten. Ich falle auf die andere Zaunseite, mein Gesicht wird von einem abstehenden Draht gestreift. Es fühlt sich an, als habe jemand ein heißes Messer an meiner Stirn abgewischt. Mit einem spitzen Aufschrei lande ich auf dem Boden und halte mich am Kopf. Cherry tritt näher.

»Hast du was?«, fragt sie.

Ich drehe mich beleidigt zur Seite. Aber Cherry lässt nicht locker. Als sie meine Hand vorsichtig wegzieht, läuft mir Blut in die Augen. »Ist gar nicht so schlimm«, sagt Cherry schnell und sieht sich um. »Du hast nur einen Schreck.«

Ich schniefe.

»Tut's weh?« Cherry nimmt eine Handvoll Schnee vom Boden. »Gib mal her«, sagt sie, dreht meinen Kopf mit zwei Fingern zu sich und hält den Schnee an die Wunde. Der Schnee in ihrer Hand färbt sich augenblicklich rot.

»Ich weiß nicht, ob das gut ist«, krächze ich wie ein verwundeter Krieger.

»Aber du spürst es jetzt kaum noch, oder?«, sagt Cherry zufrieden.

»Ich spüre jetzt meinen ganzen Schädel«, antworte ich.

Ich sehe zu Cherry hoch und lächle, während mir Tränen aus den Augen laufen. Der Schnee ist so kalt, dass mir sogar die Zähne wehtun.

»Du darfst eben nicht loslassen«, sagt Cherry.

Wir verlassen die Schrebergärten und gehen langsam über die verschneite Lichtung. Ich halte mir immer noch Schnee an die Stirn. Cherry läuft im Zickzack neben mir her. Sie möchte nett sein. Aber sie ist zu unruhig, um bei mir zu bleiben. Schließlich beginnt sie, in Kreisen zu springen und mich mit Schnee zu bewerfen. Sobald ich stehen bleibe, hört sie damit auf und sieht nach, ob ich böse oder traurig schaue – oder ob ich Schmerzen habe. Sobald ich aber weiterlaufen will, schmeißt sie wieder Hände voller Schnee auf mich. Ich versuche, nicht zu heulen.

Zu Hause dekoriere ich die Wohnung mit meinen Gruselartikeln. Die Gummischlange verstecke ich in Mamas Bett, lege eine große, graue Gummispinne auf die halbgeöffnete

Tür zum Badezimmer und platziere eine falsche Zigarette auf dem Küchentisch. Es sieht aus, als hätte die Tischplatte unter der glühenden Zigarette einen Brandabdruck bekommen.

Mama kommt erst nach Hause, als ich schon lange im Bett liege. Ich höre das Rascheln von Blumenpapier und wie sie die Schuhe auf den Boden fallen lässt. Kurz darauf poltert es im Badezimmer, sie deponiert ihre Blumensträuße in der Dusche, wie immer. Ich weiß ganz genau, wie sie sich fühlt. Mama schlurft an meiner Tür vorbei in ihr Schlafzimmer, den Pelzmantel zieht sie über den Boden hinterher. Dann, endlich, ein Schrei. Ich werde ein wenig wacher und spähe in den Flur. Mama, im Abendkleid und Pantoffeln, rennt ins Badezimmer. Die Gummispinne fliegt von der angelehnten Tür und bleibt in ihrer aufwendigen Frisur hängen. Mama schnauft empört und versucht, sich von der Gummispinne in ihren Haaren zu befreien.

So tief ich kann, versinke ich in einen theatralischen Schlaf und versuche, möglichst laut zu atmen, damit es echt aussieht. Das Licht der Laterne schimmert schwach in mein Zimmer.

»Alice? Schläfst du?«

Mama tritt an mein Bett. Ich schlafe tief und fest. Die Wunde auf meiner Stirn aber leuchtet Mama freundlich und gegen meinen Willen entgegen.

»Alice, was ist das nur für ein Bauernhumor«, sagt Mama entrüstet.

Kein Entkommen. Ich öffne verschlafen die Augen.

»Mama?« Ich lächle betont schlaftrunken aus der Wäsche. »Hast du dich erschrocken?«

Mama hält inne. Sie seufzt. »Ich bin zu müde für so was, Dodo. Was hast du da auf der Stirn?«

»Nichts«, sage ich und ziehe mir die Decke über den Kopf.

»Es ist einfach nicht witzig. Ach, jetzt zeig doch mal … ist es Farbe?«, sagt Mama und zieht an der Decke.

»Ach so, das«, sage ich möglichst beiläufig, »ja, das ist echt.«

Mama springt auf und macht das Licht an. Ich blinzele, setze mich auf und halte mir die Hand an die Stirn.

»Es hat vorhin gar nicht geblutet«, sage ich.

»Geblutet?! Wo treibst du dich herum? Was hast du dir dabei gedacht?«, kreischt Mama.

Sie verlässt hysterisch das Zimmer und kommt mit einer Jodflasche wieder.

»Es tut gar nicht weh«, versuche ich, die Situation zu retten, »ich hab es schon sauber gemacht.«

Mama besieht sich die Wunde und ist entsetzt.

»Du bist eine Frau, du musst auf dein Gesicht achten! Es ist dein größtes Kapital«, sagt sie nachdrücklich. Dabei schießen ihr plötzlich Tränen in die Augen.

Sie beginnt ungeschickt, meine Stirn mit Jod abzutupfen. Mir tut Mama wahnsinnig leid. Ich bekomme die schlimmsten Schuldgefühle seit langem.

»Das hätte bestimmt genäht werden müssen. Jetzt kriegst du eine Narbe«, schnieft Mama.

»Du hast nur einen Schreck«, sage ich.

»Kann man dich denn nicht allein lassen, du bist doch groß genug. Mit wem warst du überhaupt unterwegs?«, fragt Mama.

Als sie den jodgetränkten Wattebausch direkt in die Wunde tupft, entfährt mir ein Schmerzensschrei.

Nach einer gefühlten Ewigkeit voller Vorwürfe geht Mama erschöpft ins Bett. Ich hingegen bin jetzt richtig wach und sitze auf meinem Nest. Keinesfalls habe ich vor, ihr etwas zu verraten. Ich kann mich nicht erinnern, wann ich das letzte Mal so was Tolles wie Cherry hatte. Und Schätze, das weiß jeder, sollte man verstecken.

Wie eine leuchtende Pyramide sitze ich aufrecht unter meiner Decke und richte meine Taschenlampe auf Mamas aufgeschlagenen Gedichtband. Auf meiner Stirn klebt ein gefaltetes Taschentuch, das Mama unbeholfen mit zwei Pflastern befestigt hat. Singend flüstere ich Cherrys Reime vor mich hin: »Und der Elefant war auf einmal so charmant. Er sagte, komm, Marlene, ich werde für dich gähnen. Wie eine Hyäne zeig ich dir meine Zähne und teile meine Gurke mit dir – du süßes Tier!«

Dann halte ich inne und schaue starr nach vorne. Je schneller ich einschlafe, desto schneller kommt der nächste Tag, denke ich. Ein kurzer Blick in Mamas Buch, dann mache ich die Augen zu. »Ich kann dich noch sehn … wenn dein Gesicht … lampenhaft hell wird in mir …«, wiederhole ich leise Mamas Gedicht.

Das Versprechen

Als es an der Tür klingelt, bin ich noch im Bett. Ich bin verschlafen und verwirrt. Heute ist schulfrei, und ich habe gedacht, ich könnte ausschlafen. Die Wärme des Bettes wirkt noch nach, als ich mir den Bademantel überwerfe. Der Boden dagegen ist eisig. Am liebsten würde ich keinen Schritt mehr machen. Cherry steht vor der Tür. Ihre Wangen leuchten wie bei Schneewittchen aus dem Zeichentrickfilm, sie strahlt mich an.

»Überraschung!«, sagt sie atemlos, und ich freue mich unheimlich, sie zu sehen. »Kommst du mit?«

Ich schiebe Mamas Altpapierstapel beiseite und bedeute Cherry, einzutreten. Dann schnappe ich mir die Zahnbürste aus dem Bad und schlurfe in mein Zimmer. Cherry tritt vorsichtig ein. Während ich mich anziehe, späht sie in das Wohnzimmer. Wir haben immer noch nicht fertig ausgepackt und das Chaos breitet sich unaufhaltsam aus. Zwischen Koffern, Taschen und Kisten liegen Mamas Abendkleider, Stolas und Schminksachen, einige Perücken, etwa hundert Paar Schuhe und noch mehr Schals, mit und ohne Glitzerfäden, für jeden Tag, für den Abend, für seriöse und für dramatische Auftritte. An einem Seidenschlauch baumelt noch ein hängengebliebener Ohrring.

Cherry staunt, als habe sie noch nie so ein Frauenchaos gesehen. Als sie sich unbeobachtet fühlt, fährt sie sanft mit der Hand über das rote Samtkleid, wie wenn sie ein seltenes Tier streicheln würde.

Heute gehen wir in eine Zoohandlung. Das hat sich Cherry ausgedacht. Spätestens seit wir dort sind, weiß ich, dass es keine Zufälle geben kann. Auf den oberen Regalen sind Plüschtiere aufgereiht, die wie lebendige Haustiere wirken sollen: Weiße Katzen und braune Hundewelpen. Ich erzähle Cherry, dass ich mal für genau so eine Plüschkatze gespart, aber nie geschafft habe, genug Geld zurückzulegen – etwas kam mir immer dazwischen. Mein Brutküken behalte ich natürlich für mich, ich will nicht als totaler Freak dastehen. Cherry hört mir bald sowieso nicht mehr zu. Sie will mir etwas zeigen.

In der Vitrine des Ladens steht ein gigantisches Aquarium mit riesigen, braunen Fischen mit einem Überbiss wie eine Bulldogge. Cherry scheinen die grobschlächtigen Dinger zu gefallen, aber ich finde den engen Gang ganz hinten spannender. Unterschiedlich große Käfige sind hier übereinandergestapelt, auf dem Boden liegt Streu. Es riecht lecker nach Holz und ein bisschen nach Apfel. Alles Mögliche an flauschigem Getier wuselt dort, Kaninchen, Meerschweinchen, Hamster und Mäuse. Ich finde sie gleichzeitig süß und mitleiderregend, wie sie da in den kleinen Käfigen hocken und kein Tageslicht sehen – bis sie jemand kauft. Hoffentlich jemand Nettes. Mäuse und Hamster haben ein knappes Leben, nur zwei Jahre. Ein Nacktmull zum Beispiel kann fast dreißig werden. Aber der ist hässlich, keiner würde ihn so lange zu Hause haben wollen.

Ein weißes Zierhuhn läuft frei herum und pickt Körner vom Boden auf. Ich muss an meinen Fasan denken und strecke die Hand aus, um das Zierhuhn zu streicheln. Der Zoohändler, ein älterer, hagerer Mann mit weißen, wirren Haaren, schlurft an mir vorbei und legt Karottenhapse in den Meerschweinchenkäfig. Er lächelt mir zu, gähnt und geht weiter zum nächsten Käfig. Ich nicke ein wenig, hoffe aber insgeheim, dass er bald weg ist und mich mit den Tieren alleine lässt. Einen Moment lang neigt das Zierhuhn den Kopf zärtlich in meine Hand, dann tapst es hinter dem Mann her.

Cherry steht immer noch vor dem Aquarium. »Kennst du die? Die sind ganz zahm, wenn man die Hand ins Wasser hält, kommen sie sofort«, sagt sie, als ich mich neben sie stelle.

Ich sehe mir die Fische genauer an. Aus ihren Mäulern ragen krumme Fischzähne. Cherry stupst mich an.

»Probier mal«, sagt sie.

Ich kremple meinen Ärmel hoch und tauche die Hand ins warme Wasser. Die Fische schwimmen rasch auf meine Hand zu und öffnen ihre Mäuler. Die Zähne sind viel größer und länger, als ich erwartet hätte.

»Ja, seid ihr denn verrückt!«, kreischt der Zoohändler hinter uns und der dickste Fisch schnappt nach meinen Fingern.

Ich piepse vor Schreck und ziehe meine Hand schnell zurück. Zwei weitere Fische schwimmen gierig hinterher, hopsen fast aus dem Wasser.

Cherry schiebt mich kichernd aus der Zoohandlung auf die Straße. Der Zoohändler läuft uns hinterher. Ich sehe, dass er keine Schuhe anhat, nur gelbe Socken. Verrückt.

»Was glaubt ihr, wer ihr seid?!«, schreit er uns nach, während wir wegrennen.

»Die waren nicht zahm, die waren bissig«, sage ich beleidigt, als wir wieder im Schritttempo laufen.

»Das waren Piranhas«, sagt Cherry stolz. »Aber du hast Kampfgeist und Selbstbeherrschung bewiesen.«

»Warum bist du so gemein?«, frage ich.

Ich kann sie nicht verstehen. Die Viecher hätten mir ein Stück Hand ausbeißen können!

»Weil du jetzt mitkommen kannst«, sagt Cherry geheimnisvoll. »Ich kann doch keinen Angsthasen mit zum Training nehmen.«

Cherry legt ihre Hand auf meine Hüfte. Ich bin mir sicher, dass sie das mit dem Training als Ablenkung ausgedacht hat, wie man ein kleines Kind ablenkt, wenn es sich wehgetan hat. Ich schüttele den Kopf. Dann beschließe ich aber, mich nicht länger zu ärgern. Schließlich sind es bloß Fische, denke ich, und vergesse sofort, wie sehr ich mich erschrocken habe.

Ich darf also mit Cherry zum Karateunterricht. Natürlich nur zuschauen. Ich sitze auf der niedrigen Bank an der Wand des Karatestudios, das kaum einen Unterschied zu einer gewöhnlichen Turnhalle aufweist. Doch es ist das erste Mal, dass ich mich in einer solchen Halle wohlfühle. Der muffige Gummigeruch der Matten, die unbequemen Holzbänke und die am Rand gestapelten Turngeräte machen mir hier nichts aus. Das alles hat nichts mit dem Sportunterricht in der Schule zu tun. Meine Jacke liegt zusammengeknüllt neben mir, die Schuhe mussten wir vorne ausziehen. Ich drehe mein goldenes Herz, ein bisschen bin ich aufgeregt.

Die Karateschüler stehen alle hochkonzentriert nebeneinander in einer Reihe, in der Hierarchie der Gürtelfarben, weiß, gelb, orange, grün, violett. Die Dritte von links ist Cherry, das einzige Mädchen im Kurs. Ihr Gürtel ist orange. Cherrys Karatelehrer ist ein junger Mann mit Glatze und einem schwarzen Gürtel. Sein Schädel ist länglich und glatt, ein wenig glänzend.

Mir fällt plötzlich die Geschichte von einer Opernaufführung ein, die Mama mir erzählt hat. Jemand hatte viele Karten für Parterre eingekauft und seine glatzköpfigen Freunde eingeladen. Sie wurden so platziert, dass man von oben aus den Logen einen Stinkefinger daraus geformt sah. Beim Gedanken daran perlt ein glucksendes Lachen meine Kehle hoch. Ich schlucke es runter und presse meine Lippen aufeinander, um nicht den feierlichen Ernst der Karatestunde zu stören.

Der Karatelehrer kniet sich hin. Cherry und die anderen Schüler knien sich ebenfalls hin, ihr Blick ist nach vorne gerichtet. Cherrys nackte Zehen sind blassgrün lackiert und leuchten auf dem Boden wie Bonbons. Die Schüler setzen sich auf ihre Unterschenkel. Der Karatelehrer sieht jeden aufmerksam an.

»Mokuso!«, ruft er.

Alle schließen die Augen und beginnen, zu meditieren. Ich überlege, einen Moment lang ebenfalls die Augen zu schließen, aber ich bin zu neugierig. Cherry atmet ruhig, sie ist ungewohnt bewegungslos. Ich sehe sie mir so genau an, wie es nur geht, ihre Haut, ihre langen Wimpern, ihre Schultern und Beine. Wenig später trainieren Cherry und die anderen den »Faustschlag zum Kopf«, während der Lehrer auf Japanisch zählt: »Eins, zwei, drei...« Cherry sieht zu mir und lächelt. Ich lächele zurück.

»Eine richtige Faust, Cherry, ganz fest«, sagt der Lehrer und sieht sie so freundlich an, dass ich fast neidisch werde.

Während sich Cherry vor dem Spind umzieht, stehe ich neben ihr und halte unsere Jacken. Cherry richtet sich auf und sieht an sich herab.

»Ich glaube, ich kriege nie einen Busen.«

»So ein Quatsch, jeder kriegt einen«, sage ich, obwohl ich mir nicht sicher bin.

»Ja, aber deiner wächst schon und bei den anderen auch«, mault Cherry.

Es überrascht mich, dass ihr diese Dinge wichtig sind.

»Ich habe mal gelesen, dass man sie mit Eiswürfeln einreiben muss«, sage ich vertraulich.

»So was machst du?«, fragt Cherry und dreht sich zu mir, um mir noch mal auf den Busen zu sehen.

»So manchmal«, sage ich und schäme mich ein bisschen.

Aber Cherry ist in ihren Gedanken schon woanders.

»Na, ich will auch gar keinen. Muss ich bei der Prüfung wenigstens nicht den blöden Brustschutz tragen«, sagt sie trotzig.

Sie holt ihre Mütze aus der Tasche heraus. Ich sehe ihr Heft mit der Ratte aufblitzen.

»Darf ich?«

Cherry stellt sich vor den Spiegel und öffnet einen kleinen Stoffbeutel, in dem sich ihre Schminksachen befinden. Sie wirft einen kurzen Blick auf mich und nickt. Ich nehme mir das Heft, lege es auf die Knie und schlage es auf. Während Cherry sich die Augen blau anmalt, sehe ich mir alte Postkarten und reingeklebte Zeitschriftenfetzen von bunten Werbebildern an, die sich mit vollgekritzelten Seiten abwechseln. Es ist kein richtiges Tagebuch und es sind keinerlei Zeichnungen drin. Ich sehe, dass Cherry ihre absurden Reime aufschreibt. Selbst die ganz kurzen. Zwischen den Zeilen kleben vereinzelt Sticker, eine Herzdame-Spielkarte und ganz hinten im Heft ein verblichenes Foto von Cherry als Baby in den Armen einer Frau, deren Gesicht nahezu ganz verblasst und mit Filzstiften übermalt ist. Ich hebe den Kopf, Cherry steht neben mir.

»Ist sie schwer, deine Prüfung?«, frage ich.

Cherry macht eine ausladende Kampfbewegung und lässt die Faust nah an mein Gesicht rasen.

»Sie ist bald. Du musst unbedingt zuschauen kommen«, sagt sie.

Ich nicke. »Versprochen.«

Das Studio hat längst geschlossen, aber Cherry und ich hocken immer noch auf den Stufen vor dem Eingang, die Knie angezogen wie zwei Vögel auf den Leiterseilen. Unser Gespräch plätschert wie warmer Jasmintee. Obschon mir klar ist, dass ich längst zu Hause sein müsste, wünsche ich mir, der Abend würde niemals enden.

»Ich fänd's toll, mit deiner Mutter zusammenzuwohnen«, sagt Cherry. »Sie ist eine richtige Frau.«

»Wo ist deine Mutter?«, frage ich.

»Sie ist fort«, sagt Cherry.

»Mein Vater auch«, sage ich.

Ich erzähle Cherry, wie meine Mutter mich bekommen hat, obwohl sie genau wusste, dass sie nie mit meinem Vater zusammen sein würde. Ich bin ihr »Liebessouvenir«. Ich finde das ätzend – genauso wie die dubiose Abmachung meiner Eltern, dass ich meinen Vater erst mit sechzehn kontaktieren kann. Cherry erzählt, dass ihr Vater Schiffsmechaniker war, als er noch gearbeitet hat. Er hat ihre Mutter auf einer Überseereise kennengelernt.

»Meine Mutter hat mir das hier vererbt«, sagt Cherry und hält mir ihr Heft vors Gesicht. »Es war ihr Heft und sie wollte da etwas reinschreiben. Über mich vielleicht, wie ich wachse und so was. Sie ist an Krebs gestorben, da war ich noch ganz klein. Seitdem fahren wir nicht mehr zum Meer. Papa meint, ihn erinnert dort alles an sie.«

Mir läuft es kalt den Rücken hinunter. Wenn ich das gewusst hätte, hätte ich vermutlich gar nicht erst davon angefangen.

»Und du?«, frage ich.

Cherry legt den Kopf auf meine Schulter. Sie sieht verträumt in die Ferne, ihre getuschten Wimpern werfen lange Schatten über ihre blassen Wangen.

»Mit dir würde ich hinfahren«, sagt sie.

Eine Weile sitzen wir still da. Cherry kuschelt sich an mich. Ihr rotes Haar riecht nach Tannen und Karamell. Ich blättere in ihren Gedichten und achte darauf, mich nicht zu bewegen. Cherry ist wie eine Katze, die es sich gerade bequem gemacht hat und sich bei kleinster Erschütterung zurückziehen würde. Ich blättere wieder zu dem Babyfoto von Cherry in den Armen ihrer Mutter. Das Gesicht der Mutter ist überbelichtet, die helle Stelle ist mit Filzstiften ausgemalt. Weizengelbe Haare und ein rosa Herzmund. Die Augen mit fünf langen schwarzen Wimpernstrichen geschlossen.

»Ich weiß noch, dass sie schön aussah«, sagt Cherry, ohne hinzusehen. Mit fällt ein, wie ich in der Schule sagte, meine Mutter würde dauernd auf der Bühne sterben. Obwohl es stimmt, kommt es mir jetzt so vor, als habe ich eine Grenze verletzt, die weit über meinen Vorstellungen liegt. Der bloße Gedanke an den wirklichen Tod meiner eigenen Mutter erfüllt mich mit übelster Panik und ich ersticke ihn schon im Keim.

»Hast du noch andere Fotos von ihr?«, frage ich.

»Nur welche, wo sie schon krank ist. Da ist sie weiß und dünn wie eine Tote. Hat keine Haare, lächelt immer tapfer«, sagt Cherry und richtet sich auf.

»Weißt du, früher hat man das immer so gemacht, die Schwarz-Weiß-Fotos mit Farbe bemalt, damit sie echt aussehen«, sagt sie.

»Koloriert«, nicke ich.

»Zeichne mir mal was rein«, sagt Cherry. »Zur Erinnerung.«

Bereits an der Tür spürt Mama, dass ich nicht zu Hause bin. Sie macht das Licht in der dunklen Wohnung an und sucht mich. »Dodo? Ich muss gleich noch mal weg!«, ruft sie, aber niemand antwortet. »Alice? Alice?!«, hallt nur ihre Stimme in der leeren Wohnung. Der Artikel, den sie neulich in der Zeitung gelesen hat, macht ihr Angst. Nachdem ich nicht auf ihre Anrufe reagiere, sucht Mama die Adresse von Kristins Vater auf meiner Klassenliste.

Als Mama ihn mit dem Wagen abholt, stellt er sich ihr als Micha vor und zieht seine Strickmütze über. Kopfkondom, urteilt Mama innerlich, sie hasst diese Mützen. Mama hat das bedrückende Gefühl, eine Erkältung zu bekommen. Bestimmt vor Stress, denkt sie. Sie wickelt sich ihren Paschmina fest um den Hals und meckert die ganze Fahrt darüber, dass Micha seine Tochter nicht im Griff habe.

»Warum hat sie kein Mobiltelefon?!«

»Weil man davon Krebs bekommt. Sie braucht kein Handy«, sagt Micha.

Als die Scheiben anfangen zu beschlagen, macht Mama demonstrativ das Fenster auf Michas Seite auf. »Alice wird von Kristin definitiv negativ beeinflusst!«, schimpft sie.

»Ach was«, sagt Micha. »Die Mädchen haben sich eben gern.«

»Alice ist vierzehn! Sie soll nicht jemanden mitten in der Nacht gern haben!«, sagt Mama.

Und als Micha sagt, dass seine Tochter wisse, was sie tue, antwortet sie:

»Ach bitte, das wissen Sie doch selbst nicht.«

Und Micha sieht Mama böse an. Dann aber lächelt er sie plötzlich unverhofft an. Vielleicht ist das der Moment, an dem ihr auffällt, wie gut er eigentlich aussieht. Aber das würde sie mir gegenüber nie zugeben.

Ein Auto hält mit quietschenden Reifen vor uns. Mama öffnet die Tür und wirft mir einen ihrer Blitz-und-Donner-Blicke entgegen. Auf der anderen Seite geht die Tür ebenfalls auf und Cherrys Vater steigt aus dem Wagen. Nach unserem Gespräch kommt es mir vor, als würde ich ihn schon lange kennen.

»Papa!«, freut sich Cherry und springt ihm entgegen.

»Warum gehst du nicht ans Handy?!«, faucht Mama in meine Richtung und sieht mich dabei nicht an.

Cherry drückt sich an ihren Vater, während ich mit eingeschlafenen Füßen zu Mama stapfe und zur Begrüßung ihren Paschmina streichle.

»Na, genug Sterne geschaut?«, sagt Micha und hilft Cherry in den Wagen.

»So kurz vor der Premiere darfst du meine Nerven nicht strapazieren, Alice. Ich hatte heute Sonderprobe!«, sagt Mama, während ich schuldbewusst nach meinem Handy in meinen Taschen fahnde. Es war auf lautlos geschaltet, schon den ganzen Tag.

»Kristin, wenn Alice sich nicht verantwortungsbewusst verhalten kann, so könntest du das doch wenigstens«, sagt Mama in einem Ton, dass ich am liebsten im Boden versinken würde. Dabei streichelt sie besorgt ihren Hals und schluckt mit einer leidenden Miene. »Mein Gott, ich brauche sofort einen heißen Tee.«

»Sie heißt Cherry, Mama«, nuschele ich, aber Mama sieht mich nicht mal an.

Micha, der neben Mama vorne sitzt, hält sich dezent zurück und schaut aus dem Fenster.

»Soweit ich weiß, heißt deine Freundin Kristin. Aber vielen Dank, dass du endlich dazu kommst, sie mir vorzustellen«, sagt Mama und krallt sich in das Lenkrad. Beleidigte Leberwurst bleibt Leberwurst, auch wenn es meine Mutter ist.

»Wen willst du anrufen?«, frage ich, als ich sehe, dass sie ihren Ohrstecker anmacht.

»Meinen Korrepetitor, ich muss mich schließlich zurückmelden!«, sagt Mama unversöhnlich. »Ich wusste ja nicht, ob ich morgen da sein kann«, setzt sie mit leiserer Stimme nach. »Ich dachte, vielleicht ist etwas passiert.«

Da schiebt sich Cherrys roter Kopf in die Sesselmitte und blickt Mama freundlich von der Seite an.

»Ich nenne mich selbst Cherry, weil meine Mutter Kirschen liebte«, sagt Cherry und Mama sieht sie groß an.

Ich bin mir sicher, auch ihr ist gerade Cherrys großartige Stimme aufgefallen.

Der Wagen brummt die Straßen entlang, es fühlt sich nach tiefster Nacht an. Mama fährt hektisch und unsicher. Ich entsinne mich, wie beleidigt sie war, als Moritz mal zu ihr »Schätzchen, du fährst wie ein Henker!« sagte. Micha sagt gar nichts, grinst nur ab und zu in sich hinein.

Dann dreht er sich zu uns nach hinten und flüstert: »So ein Quatsch. Das ist doch alles nur in ihrem Kopf. Was kann euch zwei schon passieren, wenn ihr immer zusammen seid.«

Mama bremst scharf.

»Wie wär's, du kommst Weihnachten zu uns, Alice? Und bringst deine Mutter einfach mit«, schlägt Micha in einem schelmischen Ton vor und beobachtet dabei Mamas Reaktion.

»Danke, das ist sehr nett«, antworte ich, um von Mamas Pokerface abzulenken.

»Wenn Sie möchten, können Sie auch zu meiner Karateprüfung mitkommen. Ich habe Alice auch schon eingeladen«, sagt Cherry höflich.

Mama hält den Wagen vor Cherrys Haus und sieht Cherry freundlich an. Dann verkündet sie leise und stolz:

»Tut mir leid, aber Weihnachten werden wir verreisen. Ich habe ein Konzert in der Dresdner Frauenkirche.«

Zack. Alle sind enttäuscht, auch meine Begeisterung hält sich in Grenzen. Wahrscheinlich denkt Mama jetzt, wir seien ein Haufen kulturloser Idioten.

»Wir sind da«, sagt sie, als hätte das niemand bemerkt.

Während Micha und Cherry zum Haus hinaufgehen, setze ich mich zu ihr nach vorne.

»Nur damit das klar ist: Du schminkst dich erst, wenn ich es dir erlaube«, sagt Mama und startet den Wagen.

Aber es scheint sie noch etwas anderes zu beschäftigen. Sie seufzt, sieht mich an der Ampel lieb an und legt mir zärtlich die Hand in den Nacken.

Das Tannenhaus

Dresden mit Mama rauscht an mir vorbei wie ein surrealer Film. Sie bemüht sich aufrichtig, mir die Tage schön zu machen. Wir kaufen uns Handtaschen in einer Edel-Einkaufspassage, Lammfell-Hausschuhe auf dem Weihnachtsmarkt und hören den lustigen Kurrendesängern in ihren albernen Hüten zu, die absolut schief singen. In Dresden liegt kein Schnee, aber es herrscht Eiseskälte und wir wärmen uns die Hände an Papiertüten mit heißen Kastanien. Ich kann Mama sogar überreden, mir ein Lebkuchenherz zu kaufen – obwohl die so ungesund sind. Mama sucht eines aus, auf dem *Deine Liebe lässt mich schweben* steht.

Ihr Konzert ist ein voller Erfolg, und nachdem wir es diesmal sogar schaffen, Oma einen Besuch abzustatten und mit ihr durch alle ihre Lieblingsboutiquen zu fegen, kommen wir wieder in unsere möblierte Wohnung in der eisigen Stadt zurück.

Im Flur riecht es nach Holz und Wäsche. Ich hole mein Marmorei aus der Tasche. Ich habe es heimlich zum Brüten mitgehabt. Mama würde es nicht verstehen, aber ich konnte das Ei natürlich nicht so lange allein lassen.

Direkt nach dem Auspacken rufe ich Cherry an, die zum

Glück zu Hause ist und Weihnachten genauso langweilig fand wie ich. Wir haben uns vor der Abreise heiß und innig versprochen, das nächste Weihnachten zusammen zu verbringen. Komme, was wolle. Damit das auch sicher klappt, haben wir es uns gleichzeitig um zwölf an Silvester gewünscht.

Wir verabreden uns ungefähr in der Mitte zwischen unseren Häusern, und da Mama sich »nur noch hinlegen und sonst nichts« möchte, rausche ich in Vorfreude auf Cherry aus dem Haus.

Wir machen uns sofort an die Arbeit und sammeln die weggeworfenen Tannenbäume, die vor den Häusern auf die Müllabfuhr warten, ein. Wir ziehen sie hinter uns her, in ein kleines Waldstück, das die Häuser von der Schnellstraße trennt. Die Tannen zeichnen Spuren in die verschneiten Wege, wie die Schleppe der Schneekönigin.

Dort geht es einige Meter hinauf, bis wir auf einem Hügel ankommen, von dem aus wir ziemlich weit schauen können. Über die Schnellstraße zum Einkaufszentrum hinüber. Der surrende Verkehr leuchtet unten mit den Scheinwerfern, manchmal hört man ein Hupen. Keiner auf der Straße bekommt etwas von uns mit, wir könnten auf dem Hügel ein Feuer machen und nackt drum herumtanzen, wenn wir wollten. Bald hören wir kaum noch das Dröhnen der Autos, der Wind übertönt alles.

Es sind etwa zehn Tannen, die wir in einem großen Dreieck um eine hohe Birke in der Mitte des Hügels drapieren. An manchen Bäumen hängt noch knittriges Lametta, manchmal leuchtet noch Glitzerspray an einem Ast oder Überreste von künstlichem Schnee. Die Tannen sind groß und sperrig. Gemeinsam wuchten wir sie hoch und lehnen sie gegeneinander. Zwischen den Tannen entsteht ein Hohlraum, eine Hütte, in der es nicht nur gemütlich, sondern auch wärmer als draußen ist. Mit den Lamettafetzen binden wir die Bäume zusammen, damit sie nicht umfallen. Als wir endlich fertig sind, sitzen wir in unserem Tannenhaus und starren auf das rot leuchtende Kaufhauslogo in der Ferne. Es ist neblig. Die Autos und die Menschen schwimmen gespenstisch fern im abendlichen Dunst.

»Ich habe Durst«, sagt Cherry. »Wir brauchen einen Vorrat.«

Von da an kommen wir, so oft wir können, hierher und bleiben, so lange wir können.

»Wenn ich hier bin, kommt mir alles andere unecht vor«, sage ich an einem dieser Tage zu Cherry.

»Dann musst du immer hier sein«, sagt Cherry.

»Ohne dich ist es auch unecht«, sage ich.

Ich muss an ihr Heft mit den Gedichten denken. Hat sie schon etwas über mich gedichtet? Vielleicht bin ich der Kakadu in dem letzten Reim? »Der Kakadu, wir sind per du, der schönste Vogel in der Nähe, mit Schleife und der schiefen Klaue, an der ich gerne kaue.«

Ich habe natürlich keine schiefe Klaue, aber wer weiß. Noch traue ich mich nicht, zu fragen. Cherry hatte mich bereits mehrmals daran erinnert, eine Zeichnung für sie zu machen. Aber mir fällt partout nicht ein, was es sein könnte. Es sollte schließlich etwas Besonderes sein, und mein Gefühl, eine mittelmäßige Zeichnerin zu sein, steht mir im Weg. Ich ziehe Cherry an der Jacke, um sie an mich zu drücken. Cherry stößt mich sanft von sich.

»He, keine Panik, ich bin doch da«, sagt sie.

Während ich fort bin, trinkt Mama ihren unerlässlichen heißen Tee in der Küche. Sie will ihren Lieblingshaufen ungeordneter Zeitungen sortieren, als es klingelt. Sie wartet bereits auf mich. In den Zeitungen wird erneut über ein Mädchen berichtet, das verschwunden ist. Das Wort *Gewaltverbrechen* ist in Fettschrift gedruckt. Mama ist unruhig, aber sie hat auch keine Lust, sich hineinzusteigern. Sie geht an die Tür und ärgert sich darüber, dass ich offenbar wieder ohne Schlüssel losgezogen bin. Aber es ist Micha, der vor ihr steht. Sehr gepflegt gekleidet, hält er ihr einen Holzteller mit Keksen entgegen. Der Teller ist mit Plastikfolie überzogen und Micha riecht nach Eau de Toilette.

»Ich dachte, wenn ich vorher anrufe, werden Sie beschäftigt sein«, sagt er und hat damit vermutlich recht.

Mama tut überrascht, um ihre Freude über Michas Auftauchen zu verbergen. Micha zieht seine Schuhe aus und folgt Mama in die Küche, wo sie die Kekse auspackt und ihm eine Tasse Tee hinstellt. Sie setzen sich an den Küchentisch, und Mama wartet, bis er sich gesammelt hat, um das zu sagen, was er sich zurechtgelegt hat.

»Ich weiß, Sie denken, ich bin kein guter Vater.«

»Oh, ich hoffe, wir verstehen uns nicht falsch«, antwortet Mama höflich, denn genau das denkt sie von ihm.

»Die Mädchen mögen sich gut leiden. Viele Freunde hat die Kleine nicht gerade«, sagt Micha.

Mama fummelt an den Keksen herum, weil ihr solche Gespräche unangenehm sind.

»Alice ist ein besonderes Kind, wissen Sie«, sagt sie.

»Ich spreche von meiner Tochter, Frau Blumberg. Es ist sehr gut für sie, mit Alice«, sagt Micha. »Kristin ist phantastisch. Sie ist klug und sportlich, wir machen viel zusammen. Aber Sie und Ihre Tochter – Sie tun ihr so gut. Ich bin nun mal keine Frau«, endet Micha seufzend.

»Alice ist sensibel. Sie bekommt mehr Eindrücke, als sie verarbeiten kann, wenn wir so viel reisen. Auch wenn sie sehr stolz auf mich ist«, sagt Mama.

Sie gießt sich und Micha Tee nach.

»Es ist doch selbstverständlich, dass Sie sich Sorgen machen. Ich habe von der Oper keine Ahnung! Künstler wie Sie sind sehr intuitiv. Es ist gut, dass Sie vorsichtig sind«, sagt Micha.

»Es geht um etwas anderes. Sie sind ein Mann. Sie begreifen die Verantwortung anders«, sagt Mama. Es klingt überheblicher als beabsichtigt.

»Wenn ich gekonnt hätte, hätte ich sofort mit meiner Frau getauscht. Sie hätte es bestimmt besser gekonnt. Aber ich bin trotzdem ein guter Vater, ich liebe meine Tochter«, sagt Micha. »Und da sind wir beide uns ähnlich. Deswegen müssen wir uns ergänzen, wie zwei Brötchenhälften.«

Mama muss lachen. Auch er lacht.

Obwohl Mama schwören würde, niemals auch nur daran zu denken, mit so einem Waldschrat zu flirten, tut sie es doch.

»Vertrauen Sie mir«, bittet Micha.

»Nein!«, lacht Mama.

»Aber glauben Sie mir, dass ich mich im Griff habe und ein guter Vater bin?«, sagt Micha.

Mama sieht ihn direkt an.

»Haben Sie getrunken?«, fragt sie.

»Natürlich nicht, wo denken Sie hin. Ich wollte doch einen guten Eindruck auf Sie machen. Vertrauen Sie mir?«, fragt Micha noch mal.

Und schließlich sagt Mama »Ja«. Als Micha daraufhin gehen will, ist sie überrascht, dass er nicht mehr von ihr möchte und keinerlei Anstalten macht, sich mit ihr zu verabreden.

»Sind Sie nur hergekommen, um mich das zu fragen, Micha?«, fragt Mama, und als Micha bloß lächelt, sagt sie: »Diese Kekse sind wundervoll.«

Micha gesteht, dass er sie selbst gebacken hat. Daraufhin steht Mama auf, legt ihre Hand auf seine Schulter und sagt: »Bleiben Sie. Trinken Sie Ihren Tee aus. Leisten Sie mir Gesellschaft.« Eine Weltpremiere.

Vor einiger Zeit hat Mama mir erzählt, dass sie bereits in der Schule in meinen Vater verliebt war. Er aber nicht in sie. Sie hat ihn immer wieder angerufen, irgendwelche fadenscheinigen Ausreden erfunden, so dass er es eigentlich genau hätte wissen müssen. Dann haben sie sich aus den Augen verloren und haben jeder für sich ihr eigenes erwachsenes Leben gelebt. Erst als er eine Schauspielerin geheiratet hat, die laut Mama eine biedere Version von ihr selbst war, trafen sie sich wieder. Bei diesem Treffen ist es dann passiert. Ich wurde ihr Liebesandenken. Sie hat ihm erst von mir erzählt, als ich geboren war. Seitdem war Mama alleine, von Moritz mal abgesehen. Moritz sorgte dafür, dass sie eine steile Karriere machte, »trotz Kind«.

Nur einmal in den vergangenen Jahren habe ich noch einen Mann bei uns gesehen. Es war der Abend, als der Ballettmeister der Berliner Oper bei uns gegessen hat. Ich lag schon im Bett. Der Ballettmeister und Mama haben viel Wein getrunken und wenig geredet. Als er gehen wollte, hatte sie seine Schuhe versteckt und sehr lange gelacht, während er beim Suchen richtig wütend wurde.

Die Herzkönigin

Inzwischen treffen wir uns direkt in unserem Tannenhaus, ohne uns groß abzusprechen. Ich sitze auf dem Hügel und starre in die Ferne. Cherry optimiert, stabilisiert und vervollständigt die Hütte. Solange es kalt ist, behalten die Tannen ihre Nadeln und bleiben frisch. Und wenn eines Nachts noch mal Schnee fällt, wird die Hütte perfekt. Heute graben wir ein Loch in die Erde, direkt vor dem Eingang. An unseren Handschuhen haften Eiskristalle voller Schmutz, die harte Erde lässt sich kaum lockern. Trotz aller Mühen mit Stöcken und Steinen bleibt die Vertiefung flach.

»Was tun wir rein?«, frage ich.

Meine Nase tropft. Cherry stapft davon, holt ihr Heft und blättert darin, bis sie die Spielkarte findet. Die Herzdame. Cherry reicht mir die Karte, ich gebe ihr eine runde Glasscheibe. Sie sieht sie sich mit einer Kennermiene an, dann schaut sie mich durch die Scheibe an, wie ich verzerrt und grün auf dem Boden kauere und immer noch versuche, unser Loch mit dem Stock zu vergrößern.

»Absinth Taboo«, sagt Cherry und erwidert meinen verständnislosen Blick: »Na, die Flasche von der Glasscherbe.«

Ich lege die Herzdame in das Erdloch. Cherry drückt das

Glas darauf. Dann krümeln wir ein wenig Erde darauf und sehen uns das konservierte Bild der Spielkartendame an. Cherry stampft die Glasscherbe vorsichtig mit dem Stiefelabsatz fest, dann schieben wir noch mehr Erde darauf und klopfen die Stelle mit den Handflächen glatt. Das ist unser Geheimnis.

Wir setzen uns vor die Hütte. Ich breite die Decken, die Cherry besorgt hat, aus und lege mich in den Schnee.

»Irgendwo im Wald wurde ein Mädchen vergewaltigt«, sagt Cherry auf einmal.

»Es war aber nicht hier in der Nähe.«

Mein Hintern und mein Rücken nehmen die Kälte des Bodens auf. Die Vorstellung, jemand hätte sich mitten im Eiswinter gewaltsam Zugang zur warmen Haut eines Mädchens verschafft, kommt mir fremd vor.

Cherry sieht an mir vorbei.

»Ihre Freundin hat er an einen Baum gebunden und sie musste die ganze Zeit zuschauen«, erzählt sie.

»Hat sie nicht um Hilfe gerufen?«, frage ich.

»Das ging nicht, er hat sie geknebelt«, sagt Cherry.

Gemeinsam denken wir nach, wie sich so etwas abspielen kann, dass ein Mädchen gefesselt wird, während ihre Freundin dabei ist.

»Woher weißt du das alles?«, frage ich.

»Hab ich gehört, stand in der Zeitung«, sagt Cherry und verzieht das Gesicht. »Meine Zähne tun weh, wenn ich spreche«, sagt sie. »Kalt!«

»Ich weiß nicht, wenn man zu zweit ist, geht das doch gar

nicht. Man kann doch nicht gleich zwei festhalten. Glaube ich irgendwie nicht«, sage ich nachdenklich.

Ich stelle mir vor, wie eine dunkle Gestalt ein dünnes Mädchen mit einem Paketseil an einen Baum bindet. Der Böse ist in meiner Vorstellung dick wie der Scherzartikeltyp. Er läuft immer wieder im Kreis um den Baum, bis das Mädchen unbeweglich wie eine Raupe an dem Stamm klebt. Und irgendwo im Hintergrund steht ihre Freundin, ein fragiles Persönchen in bunten Klamotten, ein bisschen wie Nesrin.

»Es sind doch auch zwei verschwunden«, sagt Cherry.

»Ja, aber nicht zusammen. So etwas passiert immer wieder. Meine Mutter liest dauernd darüber, es zieht sie total runter«, sage ich.

Cherry und ich überlegen, ob es sicherer wäre, auf einer Insel ohne Männer zu leben. Weil es fast immer Männer sind, die diese bösen Dinge machen. Obwohl es auch Frauen gibt, die Kinder schlagen oder töten. Aber wir haben noch von keiner Frau gehört, die Teenies tötet oder verschwinden lässt. Wir malen uns die Insel aus. Micha wäre nicht dabei. Auch Cherrys Karatelehrer nicht. Und eigentlich ist Kerkko ganz nett.

»Und Andy«, sage ich.

Cherry bewirft mich mit Schnee: »Der ist voll eklig, Mann!«

Dennoch steht fest, dass eine Insel überhaupt keine Lösung wäre.

»Hast du Angst vor dem Tod?«, frage ich Cherry.

»Nein. Dafür bin ich zu lebendig«, sagt sie.

»Es sind einfach nur Monster«, sage ich.

»Jedes Unglück geschieht durch Unachtsamkeit. Das ist eine feste Karateregel«, sagt Cherry, »man muss eben aufpassen.«

Wir beschließen, unser Geheimnis zu testen, und graben ein kleines Guckloch in die Erde, wo wir die Karte versteckt haben. Mit bloßen Fingern streiche ich die letzten Erdkörnchen von der Glasscheibe weg. Langsam kommt die Spielkarte zum Vorschein.

»Die Herzkönigin. Sie sieht aus wie meine Mutter«, sagt Cherry.

»Wie eine Fee«, sage ich.

Cherry bringt ihr Gesicht ganz nah an den Glassplitter, atmet warm darauf und wischt das beschlagene Bild wieder frei.

»Vielleicht geht es ja doch, wenn es so Hühner wie Tuula und Nesrin sind. Die würden gar nicht kapieren, wenn es ernst wird«, sagt sie.

Cherry fängt an, Andy nachzumachen. Sie überfällt mich und betatscht mich überall, während ich mich vor Lachen winde. Sie spricht mit einer verstellt tiefen Stimme und keucht, wenn ich mich gegen ihre Griffe wehre. »Komm, hab dich nicht so, Nesrin fand es auch gut!«, lacht sie.

Ich rolle mich im Schnee, bis Cherry mich überwältigt und auf den Boden drückt. Dabei lande ich mit dem Kopf auf der geheimen Stelle.

»Vorsicht …«, keuche ich und Cherry lässt mich sofort los.

Ich rappele mich hoch und fühle mich wie ein eingerosteter

Roboter. Die Abenddunkelheit setzt ein. Ich sehe vorsichtshalber auf mein Handy, habe aber keine Anrufe verpasst.

»Ich hab gleich Karate«, sagt Cherry.

Ich beschließe, zu Hause ein Bad zu nehmen, damit meine Knochen wieder warm und beweglich werden, und frage Cherry: »Hast du eigentlich keine Angst, immer alleine heimzulaufen?«

Cherry zuckt die Schultern. »Ich kann ja den Bus nehmen«, sagt sie.

»Mach das, wirklich«, sage ich.

Cherry schaut mich an. Sie nickt.

Aber Cherry läuft nach Hause, als ihr Kurs vorbei ist. Sie hat keine Lust auf die Leute im Bus, keine Lust, auf den Bus zu warten, und keine Lust, ohne mich Bus zu fahren. Sie möchte ihre Beine spüren, möchte die Kiefern und die Tannen riechen, möchte das Knacken im Geäst hören und sich vorstellen, dass es Musik ist, die der Forst einzig für sie spielt. Eine Melodie, die der Wald nur für sie aufführt, weil sie schnell ist und stark und keine Angst vor der Dunkelheit hat.

Ich bin zu dieser Stunde längst in meinem Zimmer. Ich sitze auf meinem Nest und spüre, dass es genau jetzt so weit ist. Um den großen Moment überzeugend zu gestalten, knipse ich meine Nachttischlampe mehrmals aus und an und mache tiefe Stöhngeräusche. Als es nach einer Weile albern wird, greife ich endlich unter mich und ziehe meinen Plüschvogel langsam zwischen meinen Beinen hervor. Über dem ganzen Ausbrüten habe ich fast vergessen, wie er aussieht.

»Hallo«, sage ich. Geschlüpft!

Ich sehe ihn mir genau an. Das zottelige Fell ist blau, die Lider sind mit gelbem Samt eingefasst und die großen Augen kullern lieb und verrückt in verschiedene Richtungen hin und her. Der Vogelkörper sieht aus wie ein aufgeblasener Fahrradsattel, unter dem runden Bauch hat er gelbe, flatschige Fußflossen. Ich erhebe mich feierlich und drehe mich heftig im Kreis, den Vogel in der Hand, den Arm weit ausgestreckt. Meine Füße versinken in meiner Daunendecke auf der weichen Matratze.

»Flieg, mein Baby, flieg!«, flüstere ich, und während der Vogel in einem Halbkreis um meinen Körper rast, drehe ich mich immer und immer weiter. Als mir schwindelig wird, lasse ich mich wieder auf das Bett fallen. Unter der Decke drücke ich den Vogel wie einen Teddybären an mich und betrachte ihn wie eine Mutter ihr Neugeborenes.

»Hallo … Ich habe so was von lange auf dich gewartet«, sage ich zärtlich und leise.

Eines Tages bringt mich Cherry zu einem Ort, an dem wir noch nie waren. Sie läuft schnell vor mir her, und ich spüre, wie sehr sie sich freut, mir etwas Neues zu zeigen.

Unsere Schneeanzüge rascheln im Gleichschritt. Ich habe ihr das rote Haar zum Zopf geflochten, der sich unter ihrer Mütze wie ein roter Pfeil im Rhythmus ihrer Schritte auf dem Rücken schlängelt. Unser Weg führt an einer Neubausiedlung vorbei, auf der anderen Seite ist dichtes Gebüsch gepflanzt. Das meterhohe Gestrüpp reicht bis an die Bahngleise. Plötzlich donnert eine S-Bahn vorbei. Cherry bleibt stehen. Mitten im tosenden Gedröhne schnappt sie meine Hand und zieht mich ins Dickicht.

Ein schmaler Pfad verrät, dass wir hier nicht die Ersten sind. Wie Polyester-Warane im Schnee kriechen wir schnaufend zwischen den dornigen Ästen zum Gleisdamm hinauf, dicht am Boden, vom Weg unsichtbar. Nach ein paar Metern hört das Gestrüpp auf. Wir kommen direkt bei den Gleisen raus.

Die Schienen riechen nach verkohltem Schotter und Benzin. Es ist unglaublich still und der Schnee ist das einzig Helle an diesem Ort. Seitlich von uns, ich kann es kaum erkennen, liegt jemand oder etwas. Ich kann einen Schreckschrei nicht unterdrücken. Cherry fährt herum und presst mir die Hand auf den Mund.

»Pscht! Spinnst du?«, zischt sie und duckt sich.

»Der Schnee da sieht aus wie eine Leiche«, sage ich keuchend, atemlos vor Schreck.

Cherry folgt meinem Blick und fixiert den Schneehügel, der wie ein kauernder Mensch aussieht.

»Ach, so ein Quatsch!«, flüstert sie schließlich.

Ich merke, dass es ihr leidtut, wie sie mich angefahren hat.

Wir kriechen ganz nah an die Gleise heran. Cherry legt ihren Kopf auf den Boden, dass er die Schienen fast berührt. Sie dreht sich zu mir und blinzelt mich an. Dann scheuert sie ihren Kopf tiefer in den Schnee.

Ich sehe sie an, dann wieder in die Ferne, wo die Gleise eine Kurve machen und hinter dem Gebüsch verschwinden. Flirrendes Summen kommt auf, die Schienen beginnen zu vibrieren.

»Er kommt«, sagt Cherry. »Du darfst den Kopf auf keinen Fall heben, klar?«

Ich zögere. Die Gleise summen immer lauter.

»Mach schon, Alice!«, ruft Cherry und zuckt mit dem einen Bein in meine Richtung, ohne ihren Kopf zu bewegen.

Ich werfe mich neben sie und lege meinen Kopf ganz nah an ihren. Ich versuche, mich darauf zu konzentrieren, wie die Flechtmuster meiner Mütze die Wollzöpfe ihrer Mütze berühren.

Wir gucken in den Himmel. Ich spüre das Trommeln in den Gleisen. Der Zug kommt. Er rast viel schneller auf uns zu, als ich es erwartet hätte.

Ich würde gerne noch näher an Cherry heranrücken, traue mich aber nicht mehr. Der Atem stockt mir bei der diffusen Vorstellung, ich müsste aus unerfindlichen Gründen genau jetzt meinen Kopf heben, würde von dem verrußten Metallungeheuer erfasst und zerfetzt werden.

Der Zug überfährt uns mit einem ohrenbetäubenden Kreischen, schwarzölige Gewinde rasen knapp über unsere Köpfe hinweg und berühren fast unsere Nasen. Wir verkrallen unsere Hände miteinander. Cherry macht die Augen auf und brüllt vor Vergnügen, ich presse die Augen zusammen und brülle mit ihr.

Als es wieder still ist, sehen wir uns mit weit aufgerissenen, glänzenden Augen an. Bevor mein Herz komplett aus meinem Bauch heraushüpft, beuge ich mich zu Cherry und küsse sie auf den Mund. Sie lässt es geschehen, spannt die Lippen an, ihr Mund ist fest und lebendig. Ich lege mich wieder hin, nehme ihre Hand und sehe in den Himmel.

Eine kosmische Ruhe fließt durch meine Adern. Von der Körpermitte in alle Richtungen. Schneeflocken kommen aus der Tiefe des Himmels auf uns zu, als würden wir durch einen Tunnel schweben. Cherry liegt ganz still und hält meine Hand fest.

Als der zweite Zug kommt, starren wir gemeinsam mit aufgerissenen Augen seinen Bauch an. Wir drücken unsere Hinterköpfe fest in den Boden, kreischen und lachen gleichzeitig.

Sobald wir wieder frei sind, kullern wir den Hügel herunter und bleiben kurz vor dem Gebüsch im Schnee liegen. Schneeflocken schmelzen auf unseren Wangen. Ich gähne. In meinem Schneeanzug ist es warm und gemütlich, der windstille Winterabend kühlt sanft meine Nase. Auf einmal rollt sich ein Mädchengewicht grob auf mich und ich spüre Cherrys Atem auf meinen Lippen.

»Du darfst nie im Schnee einschlafen. Sonst stirbst du«, sagt sie.

Die Fuchsspuren

Diesmal reiße ich die Tür auf, bevor Cherry auf den Klingelknopf drückt. Wir sind verabredet. Fertig angezogen und zum Aufbruch bereit, grinse ich Cherry an und will sie zur Begrüßung umarmen. Wir stoßen unbeholfen aneinander und küssen uns ungelenk, mehr aus Versehen, auf den Mund. Ich höre Mamas Schritte hinter mir und sehe Micha hinter Cherry hochkommen.

»Guten Tag«, ruft Mama rasch, bevor jemand so etwas Plumpes wie »Hallo!« oder »Hey!« loslässt und ihr den freien Vormittag verdirbt.

Ich bemerke, wie sie unauffällig Michas Atem überprüft. Er trägt eine lässige Jeans und eine sportliche Daunenjacke und strotzt vor Energie. Mama schlägt ihren Diven-Morgenmantel fester um sich, bewusst ignoriert sie seinen schelmischen Blick. Nur ich weiß, dass es kein Zufall ist, dass sie noch ihren Morgenmantel anhat. Mama lächelt Cherry freundlich an und schwebt zurück in unsere Wohnung. »Wann bringen Sie Alice wieder?«, ruft sie im Gehen.

»Sie kommen nicht mit?«, antwortet Micha enttäuscht.

Mama taucht wieder in der Tür auf. Sie streckt den Arm mit den klimpernden Bracelets über meinen Kopf und übergibt Micha ihre Autoschlüssel.

»Nein, das ist nicht die Art Spaß, auf die ich Wert lege. Aber Alice wollte unbedingt«, sagt Mama.

»Es ist sehr gesund, regelmäßig in die Sauna zu gehen«, sagt Cherry.

»Na, dann viel Spaß, Dodospatz«, sagt Mama und ruft Micha streng hinterher: »Ich verlasse mich auf Sie!«

Ich schnappe Cherrys Hand und ziehe sie hinter mir her, um Mama zu entkommen. Mama hält mich an der Jacke fest und steckt mir eine Tube zu.

»Die Sauna trocknet die Haut sehr aus. Creme dich bitte nachher ein. Bleib nicht zu lange drin. Sei vorsichtig mit der Hitze.«

Ich umarme und küsse Mama und stecke die Tube schnell in die Tasche. Dann renne ich hinter Micha und Cherry die Treppe hinunter.

Im Auto singen Cherry und Micha die Reimfetzen aus Cherrys Heft. Ich kenne sie nicht alle, viele sind einfach albern, aber Micha kann sie alle auswendig. Cherry sagt, dass sie ihm immer die neuen vorliest, wenn sie abends nichts zu tun haben. Micha lacht und sagt, dass er die Reime nicht mehr aus dem Kopf bekäme. Cherry singt schief, Micha heiser, und ich bin gleichzeitig verwundert und froh, dass ich mit in die Sauna gehen darf. Ich hätte nicht gedacht, dass Mama ihr Misstrauen gegenüber Fremden so schnell ablegen kann. Vielleicht liegt es daran, dass sie einfach merkt, wie erwachsen ich mittlerweile bin.

Die Sonne blitzt zwischen den vorbeirasenden Birken und

Fichten am Wegrand. Die Strahlen schießen direkt in mein Gesicht. Ich schließe die Augen und genieße es, wie eine Katze auf der Fensterbank.

Der Wald ist sonnendurchflutet und friedlich. Es ist ein ungewöhnlich warmer Tag. Das Saunahäuschen hat sich Micha auf einem kleinen Grundstück gebaut. Tuulas Vater habe ihm dabei geholfen, erzählt er, als er mir alles zeigt. Tuulas Familie hat ihr Grundstück in der Nachbarschaft, aber es ist von hier aus durch die Büsche nicht zu sehen. Um das Häuschen herum kann man unter den schmelzenden Schneehügeln kleine Beete erkennen, vor dem Eingang steht eine alte, verrostete Gartenbank. Bevor wir hineingehen, breitet Micha eine flauschige Decke darauf aus, »für später«, wie er sagt.

Ich stehe barfuß vor dem Umkleideraum auf einem Holzgitter, um den Körper habe ich ein Handtuch gewickelt. Auf einmal ist es mir peinlich, nackt zu sein, ich sehne mich nach meinen Kleidern. Einfach so ausgezogen vor Cherrys Vater aufzutauchen erscheint mir höchst unpassend und ziemlich unangenehm. Ich frage mich, was sich Mama dabei gedacht hat.

An den Außenwänden der Sauna klettert ein schwarzes Eichhörnchen hoch. Es sieht mich an, sobald ich es anschaue. Ich halte meinen Atem an, um es nicht zu verschrecken. Wenn man es aus der Nähe betrachtet, wirkt das Nagetier viel weniger niedlich als aus Entfernung. Der Schwanz hängt gerade zwischen den Hinterpfoten zur Erde herunter, die Pfoten sind im Verhältnis zum Körper breit und grabschig, es hat riesige Finger. Ich beuge mich vor und blase eine Atemwolke auf das Glas. Das Eichhörnchen klettert mit verärgertem Geknatter davon. Ich zeichne mit dem Fingernagel ein Auge auf das Fenster und versinke wieder in meinen schamhaften Gedanken.

Da wird mit einem Ruck die Tür der Saunakabine aufgerissen. Splitternackt steht Cherry vor mir, ihr nasses Haar klebt an ihren Schultern. Im Hintergrund sehe ich Micha, der auf der obersten Holzbank liegt. Sein Bauch glänzt vor Schweiß, um die Hüften trägt er ein Handtuch. Cherry grinst über beide Ohren und atmet tief ein.

»Tür zu!«, ruft Micha.

»Komm endlich rein!«, ruft Cherry.

Wir verteilen uns auf den Saunastufen. Ich bin ganz unten, wo es am wenigsten heiß ist. Wir dösen in der Hitze, die mich zufrieden und müde macht. Micha sieht mich kein einziges Mal an.

Die Holzbank wärmt mir den Rücken, meine hochgezogenen Knie brennen. Ich strecke die Beine aus. Ich erinnere mich an alle Momente der letzten Wochen, in denen ich gefroren habe, und hülle meine Erinnerungen an die Kälte in die mollige Wärme ein. Der eisige Wind, der kalte Boden in unserer Wohnung, das Frösteln im Klassenzimmer, das Bibbern auf der Bushaltestelle und die beißende Kälte im Tannenhaus – der Winter verdampft aus meiner Erinnerung. Alles weicht der trockenen Hitze der glühenden Steine und Bretter. Meine Poren öffnen sich. Das Drumherum wird von den erdig-rotbraunen Farben bestimmt. Wie vor der Geburt, überlege ich, warm, dunkel, gemütlich.

Mein Herzanhänger glüht zwischen meinen Schlüsselbeinen. Wenn ich mich nicht bewege, spüre ich ihn nicht. Nur wenn die goldene Kette ein wenig an meinem Hals hin und her rutscht, fühle ich das aufgeheizte Metall auf der Haut.

»Mädels?«, sagt Micha.

»Hm?«, meldet sich Cherry stellvertretend. Ich hebe meinen Kopf, aber jede Bewegung erscheint mir zu viel.

»Ich zisch raus. Kommt, sobald ihr durch seid, dann zeig ich euch was«, sagt Micha.

Ich lege mich wieder hin. Ich horche, wie mein Blut in den Ohren pocht. Als es immer lauter wird und ich das Gefühl habe, kaum noch laufen zu können, steige ich von der Bank. Mein Anhänger zieht eine lodernde Spur über mein Brustbein.

»Bin fertig«, sage ich zum Abschied und torkele zur Tür.

»Schwächling!«, hechelt Cherry und rutscht matt auf meine Bank herunter.

Micha und ich warten draußen, bis Cherry dazukommt. Es ist überhaupt nicht kalt, obwohl ich nur in ein Handtuch gehüllt auf der Gartenbank sitze. Micha hat für uns lauwarmen Tee in einer Thermoskanne und dicke Schinkenbrote vorbereitet und für jeden eine Mandarine. Cherry kommt heraus und schnappt sich eine Tasse, bevor sie sich neben mir niederlässt. Ich ziehe die Luft tief ein, mache meine Augen zu und strecke mein Gesicht den Sonnenstrahlen entgegen.

»Ich werde euch jetzt einen geheimen Griff verraten. Zur Selbstverteidigung«, sagt Micha.

»Ich mache Karate, Papa, ich brauch so was nicht«, sagt Cherry und drückt mir eine halbe Mandarine in die Hand.

»*So was* bringen die euch nicht bei«, antwortet Micha.

Ich sehe ihm zu, wie er sich aufrichtet. Runde Schweißtropfen sitzen auf seinen Schultern, sein entspanntes Gesicht ist rot. Er sieht athletisch und verletzlich aus, so wie er in seinen Boxershorts vor uns steht.

»Ihr dürft auch niemandem erzählen, dass ich euch das gezeigt habe. Es ist wirklich gefährlich. Also, wenn euch einer angreift, ja? Dann machst du die Hand so flach …«, er streckt seine Hand nach vorne und sieht mich und Cherry abwechselnd dabei an, »… und drückst ihm einfach die Nase nach oben, so rein.«

Micha führt seine Handfläche an seine Nase, legt den Kopf zurück und drückt von unten gegen die Nase. Sieht komisch aus, denke ich.

»Was soll das denn?«, fragt Cherry mit einer Stimme, dass ich kichern muss.

»So drückst du das Nasenbein direkt ins Gehirn«, sagt Micha.

Er hält sich die Hand immer noch unter die Nase.

»Ja, aber was soll das bringen?«, fragt Cherry.

»So kann sogar ein Kind einen Mann töten, verstehst du?«, sagt Micha.

Ich mache seine Handbewegungen nach.

»Ihr seid schon große Mädchen, ihr müsst so was wissen.

Ich bin dein Vater, und du …«, Micha sieht mich an, »… bist auch wie eine Tochter für mich.«

Mein Herz pumpt, meine Wangen glühen. Es ist bestimmt mein Kreislauf! Aber ich bin auf einmal so glücklich. Ich drücke mit der Hand vorsichtig gegen meine eigene Nase, denke noch mal über das Nasenbein nach und sage schließlich:

»Das ist ja eklig!«

»Ich finde es böse«, sagt Cherry.

Micha scheint zufrieden.

»Jetzt wisst ihr es ja«, sagt er.

Das lauwarme Duschwasser fließt langsam über meinen Kopf. Ich habe den Eindruck, das erste Mal in meinem Leben meinen Körper komplett und absolut wahrzunehmen. Die grünen Tannen, das braune Holz und das sanfte Wasser, alles ist deutlich und klar. Meine Haut ist rosarot, rote, runde Flecken zeichnen sich auf meinen Schenkeln ab. Ich fühle, wie meine Haut *atmet*. Ein Lächeln hängt mir im Gesicht, ohne dass ich etwas dafürkann. Als das Wasser kälter wird, drehe ich es aus. Ich trockne mich ab, nehme Mamas Creme aus der Tasche und verteile sparsam kleine Kleckse auf meiner Haut. Mama gibt Unsummen für ihre Kosmetik aus, ich traue mich kaum, sie für meine Beine zu verschwenden.

»Darf ich auch mal?«, fragt Cherry von hinten.

»Die gehört meiner Mutter«, sage ich, unsicher, ob ich ihr etwas abgeben darf.

»Ich nehme nicht viel.«

Ich weiß nicht genau, was ich tun soll. Deshalb zögere ich zu lange, Cherry dreht sich beleidigt weg und ich fühle mich wie ein furchtbarer, geiziger Gnom.

Im Auto sitze ich vorne, weil mir hinten schnell schlecht wird. Cherry schmollt hinter mir. Seit der Creme-Sache hat sie nicht mehr mit mir geredet. Ich erzähle Micha, wo Mama und ich schon überall gewohnt haben.

»Auf den Straßen in Freiburg gibt es überall kleine Bächlein, und wenn es heiß ist, kann man einfach mit den Füßen rein.« Ich klinge wie eine Reisebürosekretärin.

»Na, da könnten wir doch mal hinfahren, was, Kleines?«, sagt Micha.

Cherry bleibt unversöhnlich und schweigt wie ein Stein.

»Du willst doch nie verreisen, Papa. Und ich auch nicht«, sagt sie schließlich mit Grabesstimme.

Prompt ist die Luft zum Schneiden. Ich höre auf zu lächeln. Wir fahren still weiter. Ich fühle mich wirklich schlecht. Kleinlaut frage ich Cherry, ob ich kurz ihr Heft haben kann, in der Hoffnung, ich könnte das Thema wechseln oder zumindest gedanklich aus diesem Auto verschwinden.

»Nee, jetzt nicht«, sagt Cherry.

Unser Abschied fällt kühl aus. Weder Mama noch Micha bemerken es, sie sind sogar sehr entspannt und flirten ganz offen miteinander. Ich werde trotzig, weil mir Cherrys beleidigte Miene übertrieben erscheint. Cherry aber fühlt sich im Recht und widersteht all meinen Versöhnungsversuchen.

Sie ist immer noch wütend auf mich. Ohne mir Bescheid zu geben, geht sie später alleine zu unserem Hügel. In der Dämmerung erkennt sie Spuren vor der Tannenhütte und folgt ihnen. Es sind Fuchsspuren, die wir schon ein paar Mal im Schnee vor der Hütte entdeckt haben. Mitten in unserer Hütte liegt ein toter Fasan, zerrissen und blutüberströmt.

Cherry bleibt entsetzt stehen. Ekel und Faszination spiegeln sich in ihrem Gesicht. Sie überlegt, wie sie den toten Vogel möglichst schnell und spurlos aus der Hütte kriegen könnte, aber seine abgerissenen Federn sind einfach überall. Die Blutspritzer sind zu roten Schneeklumpen gefroren, es riecht. Cherry kniet sich hin und gräbt an der geheimen Stelle, bis sie das Bild der Herzkönigin erkennt. Cherry neigt sich tief zur Karte hinunter. »Beschütz mich, gute Fee«, flüstert sie. Ihr Atem lässt die Glasscherbe beschlagen.

Die Straßenbeleuchtung in der Ferne springt an, die Lampen surren, erzittern und leuchten lila auf. Cherry setzt sich an den Hang und betrachtet die vorbeirasenden Autos. Sie holt ihr Heft aus dem Rucksack und beginnt zu schreiben, um die Angst zu vertreiben, die ihr ungewohnt und seltsam die Kehle einschnürt. »Absolut und keine Ahnung, was du hier zu tun gedenkst, aber denke aller Achtung, dass du Eier legst, du Hengst. Schleim und Grütze in der Pfütze, Marmelade in den Topf, ich verspreche dir, ich flechte dir beizeiten einen Zopf.«

Als Cherry nach Hause aufbricht, ist es bereits dunkel. Ihre Schritte sind eilig und sie sieht immer hinter sich. Ihre Stimme schwankt zwischen Gebrüll und Geflüster. »Bitte tanze einfach weiter, dreh dich nicht und bleibe heiter. Hinter uns, da schwimmt die Schlange, kringel krangel, Mausezange.«

Die schwarzen Bäume umrahmen filigran den tiefblauen Himmel. Die letzten Sätze brüllt Cherry in die Dunkelheit.

Das Hawaiimenuett

Die Wärmewelle überfällt uns spontan und viel zu früh für die Jahreszeit. Mama ist überzeugt, dass es die globale Erderwärmung ist. Sie weissagt allen Menschen den Tod durch die eigens verbrochene Umweltzerstörung und schafft es tatsächlich, aufrichtige Traurigkeit bei dem besten Wetter aller Zeiten zu entwickeln. Die riesigen Schneemänner, die ich mit Cherry gebaut habe, schmelzen, die kleinen, die wir auf unseren Wegen platziert haben, wir nennen sie Wichtel, halten sich überraschenderweise länger und schneiden komische Grimassen, während ihnen langsam die Kälte entweicht.

Tuulas Busen scheint noch größer zu sein, seit sie auf geknöpfte Seidenblusen umgestiegen ist. Nesrin schält sich endlich aus ihren tausend Wolltüchern und präsentiert schmale Fesseln und fragile Handgelenke, die alle Mädchen unserer Klasse um den Schlaf bringen. In der ganzen Schule herrscht beschwingte Stimmung, und ich schaffe es sogar einmal, ein paar normale Worte mit Andy zu wechseln. Dabei sage ich so was wie: »Heute mal pünktlich?«, und er antwortet: »Es lohnt sich nicht, zu schlafen!«. Damit bringt er es auf den Punkt: Der Frühling ist da.

An einem Wochenende stehe ich auf, öffne das Fenster einen Spalt weit und stecke meine Nase raus. Eine flirrende Frische liegt in der Luft, etwas Mitreißendes. Vögel zwitschern wie in einem Disneyfilm, überall blühen Windröschen, es ist fast zu kitschig. Als Erstes melde ich mich bei Cherry.

»Wir machen Frühlingsputz. Paps wird seinen ganzen Alk los«, sagt Cherry und ich höre im Hintergrund Micha mit Altglas klimpern. Wir verabreden uns und legen schnell auf, um keine Zeit zu verlieren.

Wir müssen eine Weile laufen, bis wir bei dem Bach ankommen. Er ist etwa anderthalb Meter breit und dicht bewachsen, wie tief er ist, kann man im dunklen Wasser nicht erkennen. Ich habe zwei leere Marmeladengläser aus unserer Küche dabei, die bei jedem Schritt in meinen Jackentaschen klimpern. Wir finden die Stelle kurz bevor der Bach im Unterholz verschwindet, zwischen Schnellstraße und Kiesweg. Hier ist der Teich. Cherry inspiziert das Ufer. Ich höre, wie der Bach plätschert. Es ist ein helles, fröhliches Geräusch und ich möchte es mir genau so merken. Ich sehe Cherrys konzentrierte Miene und wünsche mir, niemals mehr ohne sie zu sein.

Als ich klein war, war ich immer müde, habe ständig darauf gewartet, dass Mama fertig wird und wir nach Hause können – wo auch immer wir waren. Ich bin über meinen Hausaufgaben eingeschlafen und beim Fernsehen. Ich konnte schlafen wie auf Befehl, ich fand sogar, dass Schlafen interessanter sei als das Leben im wachen Zustand. Ich träumte verrückte Dinge, immer und stets in Farbe, und manchmal konnte ich fliegen. Hier am Teich wird mir klar, dass ich mit Cherry reden kann, ohne zu sprechen. Dass mit ihr zusammen alles möglich ist. Mit Cherry bin ich in der Realität angekommen, neugierig auf jeden Tag, den ich mit ihr zusammen verbringe. Ich hole eines der Gläser heraus und gebe es ihr.

»Gleich hast du deine Haustiere«, sage ich.

Cherry späht mit zusammengekniffenen Augen auf das Wasser, das in der Sonne glitzert, und auf den Schaum um die schleimigen Inseln des Froschlaichs.

»Man kann sehen, wie die Kaulquappen schlüpfen und größer werden«, sage ich. »Irgendwann müssen sie wieder zurück in ihren Teich.«

Unter Cherrys skeptischen Blicken beuge ich mich möglichst weit über die Uferböschung und versuche, mit dem Glas einen Klumpen Froschlaich einzufangen. Dabei halte ich mich, so gut es geht, an den langen Grashalmen fest, die mir kalt und glitschig in die Finger schneiden. Ein erbeutetes Stück Froschlaich flutscht wieder heraus, als ich mehr holen möchte.

Ich beuge mich weiter vor und kann mich nicht mehr halten. Das Glas umklammert, fühle ich, wie der Boden unter meinen Füßen verschwindet, und rutsche ins Wasser, mitten in den Froschschleim.

»Na, Bombe«, sagt Cherry hinter mir.

Mein angeekeltes Kreischen ist bestimmt kilometerweit zu hören. Cherry reicht mir das zweite Glas. Jetzt, wo ich schon mal mitten im Froschlaich stehe, fülle ich es fast bis zum Anschlag.

Auf dem Weg zurück matschen meine Socken mit grünem Schleim in den Stiefeln, die Jeans kleben an meinen Waden. Ich versuche, mich auf andere Dinge zu konzentrieren, um nicht komplett auszurasten. Cherry trägt die Gläser und sieht immer wieder von oben hinein. Die glibberigen Froscheier sind noch ganz fest, die schwarzen Punkte darin ganz klein. Damit Mama uns so nicht sieht, gehen wir zu Cherry.

Micha ist nicht zu Hause. Cherry reißt die Fenster auf, der muffige Geruch in der Wohnung zieht dahin. Im Flur entdecke ich vier Plastiktüten mit leeren Bierflaschen, die nach Hefe und nasser Zigarettenasche riechen. Cherry ignoriert meinen Blick. Ich lege meine nassen Schuhe und Socken daneben. Überall in der Wohnung liegen Bücher, ein paar Aschenbecher stehen herum. Im Durchgang zur Küche erspähe ich eine Kolonne leerer Schnapsflaschen, eine kopflose Armee ohne Befehlshaber. Ohne dass ich frage, sagt Cherry:

»Die muss ich noch wegbringen.«

Ich trete auf eine Schachfigur, die schwarze Dame, die auf dem Boden liegt. Auf einem Hocker liegt das Brett.

»Er ist heute den ganzen Tag weg«, sagt Cherry.

Die Mehrzahl der Schachfiguren liegt auf dem Teppich verstreut. Ich stelle die Königin und ein paar weitere Spielfiguren zurück auf das Brett.

Cherry schmeißt ihre Jacke auf den Boden und zieht sich im Gehen aus. Ihre Kleider lässt sie hinter sich auf die verschiedenen Bücherstapel fallen. Ich mache es ihr nach und folge ihr ins Badezimmer.

Wir stellen uns in die runde Duschkabine und schieben die Tür zu. Das Wasser prasselt heiß auf uns herab. Ich mache einen runden Rücken und lasse ihn warm werden. Die Gänsehaut an Cherrys Oberschenkeln glättet sich, ihre Beine und Arme färben sich rot. Dampf steigt auf. Ich richte mich wieder auf, direkt unter den Wasserstrahl, halte die Augen zusammengepresst und schnappe nach Luft. Ich trinke das heiße Wasser, es schmeckt süßlich. Dann sehe ich Cherry an, ihr Gesicht ist auch rot, ihre Wimperntusche läuft über ihre Wangen. Cherry blinzelt unter den Tropfen und legt ihre Hand auf meinen Busen. Ich verschlucke mich und trete einen Schritt auf sie zu. Cherry zieht ihre Hand weg und grinst. Unsere Zehen werden schrumpelig. Als das Wasser irgendwann lauwarm wird, dreht Cherry schnell den Wasserhahn zu.

Wir legen eine farbige Landschaft aus alten Wolldecken und Handtüchern auf den Boden im Wohnzimmer. Schwere altmodische Möbel und die bräunliche Tapete machen das Zimmer klein, aber gemütlich. Wir stellen unsere Gläser, voll mit Froschlaich, auf dem Sofatischchen ab. Cherry holt ein paar Zimmerpflanzen, die wir drum herumdrapieren.

»Jetzt müssen sie sich nur noch wohlfühlen«, sage ich, als wir fertig sind.

Ich frage mich, ob die Froschbabys ihre Mütter vermissen und ob es in Ordnung ist, dass wir sie aus dem Fluss entführt haben. Als ich Cherrys begeisterte Augen sehe, verkneife ich mir, das laut auszusprechen. Schließlich war es meine Idee, außerdem können wir sie wieder zurückbringen, denke ich.

In Handtücher gewickelt, inmitten von Cherrys Zeitschriften und Tellern mit Michas Keksen liegen wir da wie zwei Odalisken und trinken Tee.

»Echten englischen Tee!«, sagt Cherry.

Ich erzähle ihr von den Kostümbildnern im Theater, die für die Schauspieler jedes Kostüm machen können, völlig gleich, was man sich ausdenkt. Wir versuchen gemeinsam, uns ein unmögliches Kostüm auszudenken, eines, das man nicht herstellen kann. Wir schaffen es nicht. *Erbse, Brille* und selbst *Schuhabsatz* sind machbar, allein bei *Schatten* haben wir den Eindruck, es wäre komplizierter: Man könnte es mit *Fledermaus* verwechseln.

»Oder mit grauer Wischmob«, lacht Cherry.

Dann schleppt sie drei Rollen Krepppapier aus ihrem Zimmer, gelb, grün, pink. Ich schneide die Rollen mit einer großen Haushaltsschere in Streifen und Cherry zieht zwei Gummibänder aus ihren Sommerröcken. Ich sitze zwischen Krepppapierschnipseln und bastele uns Vulkaninsel-Kostüme. Hawaiirock und Hawaiikette sind am einfachsten und gehen am schnellsten.

Cherry hat keine Geduld, die Papierbänder auseinanderzupfriemeln. Sie will mir unbedingt ein Buch zeigen. Sie hält mir das verblichene Cover mit einem braunen Baum unter die Nase und erklärt, dass sie die bestimmten Stellen ganz unauffällig mit einer Wachskerze markiert hat.

»Was für Stellen?«, sage ich.

»Warte«, sagt Cherry ungeduldig. »Ich suche sie. Hier. ›Bei allen Säugetieren, besonders aber bei den dem Menschen nahestehenden Primaten, pflegt das Männchen knapp vor der Begattung die Genitalien des Weibchens zu betasten oder zu lecken.‹«

Wir schütteln uns mindestens genau so angewidert wie vorhin am Fluss. Ich würde mir das Buch gerne näher ansehen, aber Cherry schmeißt es in die Ecke.

»Schau mal«, sage ich und halte die ersten fertigen Papierblumen hoch. »Ich bin fast fertig.«

Cherry sieht mein Werk anerkennend an und springt auf. »Eine Sache noch!«, ruft sie und rennt weg.

Mit ihren nackten Füßen tänzelt sie zwischen den Bücherstapeln, als könnte sie da blind durchgehen, und kommt mit einer Schallplatte zurück. *Hawaii Calls* steht auf dem wild geblümten Cover. Wir ziehen uns die Gummizüge um die Hüften, um die ich die bunten Papierschnipsel gebunden habe, und legen uns die Blumenketten um den Hals. Die Schallplatte setzt mit einem raschelnden Ton an. »Aloha oe, aloha oe«, singt eine sehnsüchtige Frauenstimme und Cherry und ich tanzen dazu in Zeitlupe. Wir drehen uns in Krepppapierröcken umeinander wie beim Menuett. Die Blumengirlanden kratzen an der Brust, unsere Röcke rascheln. Wir sind die Eingeborenen, und wehe denen, wenn die uns aus diesem Paradies vertreiben wollen.

Später bringt mich Cherry nach Hause. Meine Jeans ist noch feucht und voller Schlamm. Das Oberteil, die Jacke und die Chucks habe ich von Cherry geliehen. In der Hand trage ich mein Glas Froschlaich. Ich bin mir sicher, dass ich Ärger kriege. Cherry auch.

Wir bleiben unter der Treppe in unserem Treppenhaus stehen, da, wo es schön warm ist und niedrig wie in einer Hundehütte. Manchmal steht ein Kinderwagen hier, aber jetzt ist er nicht da. Ich stelle mein Glas vorsichtig ab.

»Soll ich mit hochkommen?«, fragt Cherry.

Sie klatscht mit der ausgestreckten Hand gegen den Lichtschalter. Mir fällt erst jetzt auf, wie dunkel es bereits ist.

»Nein, besser nicht«, sage ich.

»Ich kann ihr das erklären mit deinen Kleidern«, sagt Cherry.

»Nein, ist schon gut, es ist schon so spät«, sage ich.

Ich weiß selbst nicht, ob ich lieber alleine hochmöchte oder noch hier mit Cherry bleiben. Eigentlich möchte ich beides gleichzeitig.

Das Licht geht automatisch aus. Cherry will zum Schalter und stolpert über meine Füße. Ich höre, wie sie kurz die Luft anhält.

»Weißt du, bestimmt tuscheln Tuula und Nesrin auch so mit den Jungs in Treppenhäusern«, sagt Cherry.

Cherry drückt mich an die Wand, wie die Jungs das bei Tuula und Nesrin machen. Sie rückt näher an mich und fängt an, mich überall anzufassen, so wie Andy das bei Tuula tut. »Oh, Tuula, komm schon«, knurrt Cherry dabei.

»Hör auf, Andy, hör auf!«, keuche ich wie Tuula, als Cherry mir kurz zwischen die Beine fasst.

Das Gefühl ist fremd und gut. Insgeheim wünsche ich mir, sie würde es wieder tun. Ich taumele auf Cherry zu, die weiter Andy spielt.

»Lass mich dich anfassen, Tuula, komm schon«, sagt sie und löst mein Haarband.

Ich halte inne, damit sie mir die Schleife aus dem Zopf ziehen kann.

»Ich hab dein Haargummi geklaut, ich hab dein Haargummi geklaut!«, ruft Cherry leise und stupst mich an. »Du musst dich jetzt wehren …«, sagt sie.

Ich stehe ganz nah bei ihr und kann den Karamellduft ihrer Haut riechen. Wie im Schlaf umarme ich sie und drücke sie fest an mich. Dann schiebe ich sie sanft von mir weg.

»Ich muss hoch, sonst kriege ich noch mehr Ärger«, sage ich mit meiner normalen Stimme.

Cherry geht ein paar Schritte rückwärts, ohne das Licht anzumachen. Ich höre, wie sie sich mit dem Kopf am Geländе anstößt und leise flucht.

»Cherry? Warte!«, flüstere ich und suche ihr Gesicht im Dunkeln.

»Was ist? Du musst hoch«, flüstert sie laut.

Ich starre in die Dunkelheit und fasse unbewusst hinter mich, als sei dort etwas. Einen Moment lang wird es zu still, ich höre selbst ihren Atem nicht mehr. Es ist, als würden die Schatten nach uns greifen, als würde jeder Schritt nach vorne einen Sturz bedeuten.

»Wenn du so ins Dunkel gehst, kriege ich Angst«, sage ich.

Cherry steht eine Weile still, bis ich die Umrisse ihrer blassen Wangen erkennen kann.

Ich höre, wie die Tür ins Schloss fällt. Ich finde den Lichtschalter links von mir und knipse das Licht an. Cherry ist fort. Mein Glas Froschlaich ist noch da.

Mama sitzt am Küchentisch über ihre Zeitungen gebeugt. Ein paar zerknüllte Blätter liegen auf dem Boden, ihr nackter Fuß steht auf dem Phantombild eines Mannes. Darunter sind Aufnahmen von einem Waldweg und einem rosa Fahrrad im Gebüsch. Durch das offene Fenster zieht der Frühlingswind herein und flattert leicht mit den dünnen Zeitungsseiten.

»Hallo«, sage ich und bin unschlüssig, ob ich sofort in mein Zimmer gehen oder mich zu ihr setzen sollte. Mama trommelt, ohne zu lesen, mit ihren Fingern auf den Tisch. Sie hebt den Kopf und sieht mich lange an. Ihr Haar glänzt unter dem grellen Licht der Küchenbirne. Ich nicke und möchte in mein Zimmer.

»Ich kann dir gar nicht sagen, wie sehr es mich freut, dich wiederzusehen, mein liebes Herzchen«, sagt sie scharf.

»Jetzt habe ich eben eine Freundin. Du wolltest doch, dass ich selbständig werde«, gebe ich spitz zurück, noch bevor ich darüber nachdenken kann, was ich sage.

»Demnächst habe ich die wichtigste Premiere meiner Karriere, Alice«, sagt Mama. »Ich hatte heute eine Kehlkopfspiegelung. Ich bin nervös, ich stehe unter Druck! Wenn ich sage, dass ich Selbständigkeit erwarte, meine ich damit unter anderem die Fähigkeit zur Vernunft und nicht pseudo-rebellisches Zuspätkommen.«

»Ja und?«, sage ich.

Ich wechsele mein Standbein wie eine müde Statue und stelle mich darauf ein, ein langes Lamento über die Härte ihrer Berufung zu hören. Dazu senke ich meine Augen und starre auf das Phantombild unter dem Tisch. Ich nehme mir vor, die Buchstaben der Überschrift zu zählen, wenn mir die Tränen kommen sollten. Damit ich mich auf etwas anderes konzentrieren kann.

»Ja und?! Wozu habe ich dir ein Handy gekauft! Du tanzt hier an, wann es dir passt, angezogen wie aus der Mülltonne – was sind das überhaupt für Kleider! – und bequemst dich lediglich, ›ja und‹ zu sagen?!«, kreischt Mama.

Ich warte ab, ob sie fertig ist. Dann sage ich leise:

»Es tut mir leid?«

Mama steht auf und holt Luft. »Es ist mir egal, ob es dir leidtut! Wenn du es darauf anlegst, mir das Leben schwer zu machen, dann gelingt dir das außerordentlich gut!«

»Du bist doch nur neidisch, dass ich mal zur Abwechslung glücklich bin!«, bricht es aus mir raus.

»Verflucht, Alice, was redest du für einen Schwachsinn! Hier in der Gegend passieren schlimme Sachen. Ich bin deine Mutter, ich mache mir Sorgen!«, sagt Mama.

Ihre Stimme zittert. Ich sollte schleunigst die Buchstaben zählen, sonst kriegt sie mich und ich weine gleich los. Ich spähe auf die Überschrift. *Mädchenmord*, die Zeitschrift macht einen Knick, *Täter*. Ich schaffe es nicht, mich zu sammeln.

»Du sorgst dich nur um dich. Du willst keine Tochter, sondern eine Freundin. Aber ich habe schon eine Freundin«, sage ich.

Und schon ist es so weit. Tränen schießen mir in die Augen.

Mama kriegt wie immer die Kurve. Ihr Gesicht vereist, sie trinkt den Rest aus ihrer Tasse, um die Pause zu halten.

»Wunderbar. Dann triff dich mit deiner Freundin gefälligst hier. Ich habe keine Lust, euch ständig hinterherzutelefonieren und meine Nerven zu ruinieren. Ich möchte, dass du ab jetzt abends zu Hause bist«, sagt sie nüchtern. »Ist das klar?«

Mir bleibt nichts anderes übrig, als zu nicken.

Der Albtraum

Ich begleite Cherry zum Karatetraining. Ich sehe dabei zu und mache ein paar dusselige Zeichnungen. Aber meine Unzulänglichkeit frustriert mich so sehr, dass ich meinen Block schnell wieder beiseitelege. Heute werden Kicks geübt. Anhand eines anatomischen Modells erklärt der Karatelehrer die Muskeln, die beteiligt sind. Er drischt mit seinem Bein auf ein blaues Kissen, das ein Schüler ihm entgegenhält. Das Geräusch dabei ist wie von einem platzenden Luftballon, der Lehrer hat enorme Kraft. Dann macht er Musik an. Nackte, harte Beats schallen durch die Halle.

Cherry ist konzentriert und ernst. Ihre Kicks sind weniger kräftig, aber sie verliert kein einziges Mal das Gleichgewicht. Auf ihrem Handgelenk entdecke ich meine hellblaue Schleife, die sie mir aus dem Haar gezogen hat. Sie hat sie sich umgebunden, wie einen Armreif.

»Zehen anziehen beim geraden Kick!«, ruft der Karatelehrer.

Ich sehe auf meine Füße, die in Socken stecken. Vorne auf die Zehen sind lustige Teufelsfratzen mit Feueraugen gedruckt. Wenn ich mit den Zehen wackle, verziehen die Fratzen die Gesichter.

Als Cherry duscht, spähe ich in den Duschraum. Er ist lang und schmal, aber Cherry steht gleich unter der ersten Dusche. Ich kenne das schon, Cherry liebt es, zu duschen, und braucht ewig. Sie macht den Mund auf, die Augen zu und lässt sich das Wasser in und aus dem Mund laufen, ohne es zu trinken. Unter ihren Füßen steigen Dampfschwaden auf. Als sie mich bemerkt, richtet sie den Duschkopf mit einer Kickbewegung auf mich. Der Wasserstrahl trifft mich direkt auf die Brust. Cherry lacht, als ich kreischend davonstürme.

Danach gehen wir zu mir. Ich erzähle Cherry, dass es eine Art Strafe sein soll. Aber sie freut sich sichtlich, in unser Frauenchaos einzutauchen. Sie probiert sich durch Mamas Schuhreihe im Gang und testet, wie ihre Hände mit Mamas Handschuhen aussehen. Dann zeige ich ihr, wo ich kürzlich Nägel in eine Wand geschlagen habe, um meine Ketten aufzuhängen. Braun-goldene Tigeraugen, die das Flirten leichter machen, Bernstein zur Stärkung der Gesundheit, Türkis macht glücklich und Hämatit schützt vor dem bösen Blick.

»Hämatit heißt auch Blutstein, weil er rote Spuren hinterlässt, wenn man damit an Glas kratzt«, erkläre ich Cherry.

Sie möchte es sofort ausprobieren, aber meine Blutsteinkette ist aus rundpolierten Kugeln und kratzt nicht. Am schönsten findet Cherry die Obsidiankette, weil die Steine zweifarbig sind und aus Lava entstehen. Ich mag Rosenquarz am liebsten.

Wir gehen in die Küche, um das Abendessen zu kochen. Im Radio läuft Madonna, ein alter Song. Ich drehe lauter, und Cherry wackelt mit ihrem Hintern, dreht die Beine auseinander und bewegt ihren Kopf hin und her, wie eine Backgroundtänzerin. Ich inspiziere unsere Spaghettivorräte und salze das kochende Wasser, während Cherry die Packung aufreißt, den gesamten Inhalt in den Topf quetscht und zusieht, wie die Teighalme weich werden und tiefer rutschen.

»Meinst du, deine Mutter freut sich über das Abendessen?«, fragt Cherry.

»Ich weiß nicht«, sage ich.

»Zumindest sind wir hier«, sagt Cherry.

»Draußen regnet es eh«, antworte ich.

»Sind deine Kleider deswegen im Trockner?«, ruft Mama.

Wir haben sie gar nicht gehört. Cherry dreht die Musik leiser und rührt in den Nudeln.

»Wir haben Abendessen gekocht!«, ruft sie.

Mama steht in der Tür, nickt und lächelt distanziert. »Dann sollten wir bald essen, Kristin, du musst ja noch nach Hause.«

Ich hole die Teller und stelle sie auf den runden Tisch. Ich glaube, das könnte das erste Mal sein, das wir wie normale Menschen in der Küche essen.

»Cherry schläft heute hier, Mama«, sage ich.

Ich hole das Besteck und warte, dass Mama widerspricht, aber sie sagt nichts. Sie betritt die Küche, klopft mir im Vorbeigehen auf die Schulter und setzt sich an den Tisch.

Wir legen die Sitzkissen von der Couch neben mein Bett und ziehen ein Spannbettlaken drüber, damit sie nicht auseinanderrutschen. Mama holt zwei Plaids, da wir keine dritte Decke haben, und ich gebe Cherry eines von meinen T-Shirts zum Schlafen. Obwohl ich sonst nackt schlafe, ziehe ich mir auch ein Shirt über. Auf den T-Shirts sind Tom und Jerry drauf. Cherry und ich entscheiden, dass sie Jerry ist und ich Tom, weil Jerry Tom immer ärgert und Tom so verschlafen ist.

»Aber eigentlich will Tom Jerry fressen«, sage ich.

Ich knipse die Nachttischlampe an und das große Licht aus und taste unter der Decke nach meinem Küken.

»Bist du müde?«, frage ich.

Cherry richtet sich auf.

»Eigentlich nicht«, sagt sie. Damit steht sie wieder auf und setzt sich an mein Bett.

»Wollen wir noch quatschen?«

Auch ich setze mich auf. Den Vogel schiebe ich dabei tiefer unter die Decke.

»Wir können doch Tuula und Nesrin spielen«, sage ich.

»Ich weiß nicht«, sagt Cherry.

Ich schubse sie vom Bett. »Hey, Andy, runter von der Bettkante«, sage ich leise.

Cherry zieht meine Decke mit sich auf den Boden und rollt sich kichernd ein. Ich springe auf Cherry und wir wälzen uns in den Decken. Cherry überwältigt mich, legt sich auf mich drauf und hält meine Arme fest. Sie spricht mit tiefer Stimme: »Na, gefällt dir das?«

Mir weicht das Grinsen aus dem Gesicht. Wir starren uns schweigend an, eine gefühlte Ewigkeit, dann küsst Cherry mich fest auf den Mund. Ich traue mich nicht, meine Lippen zu öffnen.

Sie lässt mich dabei los, aber ich will nicht weg. Ich schmiege mich an sie. Wir schweigen und atmen tief, als wollten wir hören, wessen Lunge es lauter kann. Cherry hält mich fest. Ich umarme sie so stark, wie ich es nur kann, streichle ihren Rücken, ihr Haar, ihr Gesicht. Ich versuche, nicht auf unseren Atem zu achten. Cherry vergräbt ihre Nase in meinem Nacken, ich küsse sie auf ihr Ohr. Auf einmal höre ich ganz deutlich eine Uhr ticken. Mein Rücken spannt sich an und eine Sekunde später ertönt Mamas volle Stimme hinter der Tür.

»Alice, Licht aus! Gute Nacht!«

Wir schrecken auf und rollen auseinander, gerade noch rechtzeitig, bevor Mama die Tür aufmacht. Wir, Cherry auf dem Boden, ich im Bett, liegen auf dem Rücken, die Beine angewinkelt wie zwei Maikäfer.

»Es ist schon spät«, sagt Mama und sieht uns zufrieden an.

Wir murmeln etwas von Gute Nacht. Als sie die Tür hinter sich schließt, mache ich das Licht aus. Mir wird klar, dass unser Schreck eines beweist – es ist irgendwie nicht ganz okay, was wir machen.

Ich schaue zu Cherry hinunter. Ihre Augen glänzen im Halbdunkeln. Durch das Licht der Laterne von draußen schimmert ihr Gesicht weiß wie Papier.

»Kommst du zu mir?«, frage ich.

Cherry steht auf und legt sich zu mir ins Bett. Als sei es das Selbstverständlichste auf der Welt. Unsere Decken rascheln, und ich kann fühlen, wie ihre Hand auf der Suche nach meiner den Plüschvogel beiseiteschiebt. Wir halten uns an den Händen, als ich einschlafe.

In dieser Nacht träume ich einen schlimmen Traum. Er fängt an, ohne dass ich bemerke, dass es nur ein Traum ist, und er fühlt sich sehr echt an.

Ich bin in meinem Zimmer, aber es ist anders, dunkel und düster, alle Gegenstände werfen tiefblaue Schatten. Ich liege im Bett und werde davon wach, dass ich friere. Es klingelt an der Tür, ich höre, wie Mama jemanden reinlässt. Dann ist da eine Mädchenstimme und Mamas dumpfer, entsetzter Aufschrei. Ich sehe Mamas Gesicht, wie sie blass und erschrocken rückwärts in ihr Zimmer zurückweicht. Ich höre leises Gurren, wie auf einem Dachboden voller Tauben. Die Tür zu meinem Zimmer öffnet sich und Cherry kommt rein. Ich setze mich auf, lächle sie an. Cherry kommt näher. Sie trägt ein langes, dunkelgraues Kleid, das ich noch nie an ihr gesehen habe. Sie ist dünn und blass, ihr offenes, rotes Haar ist ungewohnt glatt. Ihre Lippen sind trocken und fast weiß.

»Ich freue mich so, dich zu sehen. Du siehst schön aus, auch mit deinen Haaren«, sage ich.

Cherry dreht sich im Kreis. Ihr Kleid fliegt dabei um ihre Knie. Sie sieht verstört und ausgemergelt aus. Dann setzt sie sich zu mir aufs Bett und sieht mich eindringlich an.

»Du darfst mich nichts fragen, Alice. Ich darf von drüben

nichts erzählen. Frage mich nichts«, sagt sie, mit einer Stimme, dass mir die Glieder gefrieren.

»In der Schule ist es ziemlich langweilig. Morgen schreiben wir Mathe, mir ist schon ganz schlecht«, sage ich.

»Dort ist ein dunkles Zimmer und ich habe einen neuen Namen … Otrrrtadakussss«, sagt Cherry.

Sie flüstert und pfeift das seltsame Wort wie eine Schlange. Draußen tobt der Wind, die unsichtbaren Vögel flattern mit ihren Flügeln.

»Ich bin nur die Treppe hinaufgegangen, damit nichts auffällt«, sagt Cherry und sieht mich unverwandt an.

Ich rutsche näher zu ihr, mein Gesicht ganz nah an ihres.

»Weißt du, wer es war?«, frage ich, ohne meinen Mund zu öffnen.

Cherry schmeißt den Kopf zurück, überstreckt ihren Körper. Ihr entfährt ein dumpfes, langes Stöhnen, als wenn die ganze Luft aus ihr entweichen würde. Tränen zeichnen nasse Stellen auf ihren Wangen. Ihr weißer Hals blitzt hell auf, ich erkenne dunkle Flecken darauf. Es sind Fingerabdrücke. Eine Kette leuchtet kurz auf ihrem Schlüsselbein auf. Ich stürze zu ihr, nehme sie in den Arm, küsse ihr die Tränen weg. Ich streichle ihren Kopf.

»Liebe, Süße, ich bin hier, ich bin hier, ich bin gar nicht weg«, rufe ich.

Cherry schmiegt sich an mich, ertastet aber gleichzeitig mit langen Fingern meinen Hals, legt ihren Kopf an meine Brust und öffnet ihren bläulichen Mund, als ob sie mich beißen wollte.

»*Ich* bin weg«, sagt sie mit Nachdruck. Ihre dunkle Stimme ist leise, aber fest.

Ihre Augen blitzen und sie lächelt gezwungen. Ich stoße sie grob weg. Sie macht mir Angst.

»Ich muss das, sie zwingen uns, Neue mitzubringen! Ich will es nicht, aber ich muss«, sagt Cherry.

Sie beginnt, bitterlich zu weinen, und entfernt sich, ohne sich zu bewegen, als würde sie von einem gigantischen unsichtbaren Mund eingesogen. Auf einmal ist ihre Gestalt hell, fast weiß.

Sie fliegt rückwärts aus dem offenen Fenster in die Ferne, bis sie in der Dunkelheit nicht mehr auszumachen ist. Dann schließe ich die Augen und öffne sie wieder. Mein Zimmer ist leer, das Fenster klappert. Die Laterne gibt schwaches, rostrotes Licht. Die Tür geht auf. Mama steht an der Türschwelle, ganz nackt, gekrümmt, in sich zusammengefallen, alt und grau, die Hände vor dem Gesicht. Sie wippt vor und zurück wie eine Verrückte. Sie sieht fürchterlich aus.

In meinem Zimmer ist es gleißend hell, das Fenster ist geschlossen. Draußen ist der schönste Tag, den man sich ausdenken kann. Cherry ist nicht im Zimmer. Auch Mama scheint schon auf zu sein, ich rieche Kaffee. Der Albtraum hat mich erschöpft, ich habe ein ungutes Gefühl. Als ich versuche, etwas zu sagen, versagt mir die Stimme. Ich reiße mich zusammen und rufe nach Mama. Es klingt verzweifelt.

Mama ist schon fertig angezogen. Sie sieht elegant aus, ihr Gesicht ist zurechtgemacht und heiter.

»Na, zufrieden? Dein Früchtchen ist schon weg. Ihr Vater hat sie vor lauter Sehnsucht ganz früh angerufen, mich geweckt und sie zum Frühstück abgeholt«, sagt Mama.

Ich fühle mich gleich besser. Ich öffne mein Fenster, lasse die frische Luft reinströmen, atme tief ein. Es ist wärmer, als es aussieht.

»Sie heißt Cherry, Mama«, sage ich. Meine Stimme zittert.

»Ist ja gut, ich weiß … Dodo?«

Mama merkt sofort, wenn etwas nicht stimmt. Sie tritt näher, fasst mich an der Schulter. Obschon ich ihre Hand abschüttele, bin ich dankbar, dass sie da ist. Der Albtraum sitzt wie ein Kloß in meiner Kehle und erstickt mich beinahe.

»Ich habe schlecht geträumt. Ganz schlimm«, sage ich.

Ohne dass ich es kontrollieren kann, zittern meine Lippen. Mama setzt sich zu mir. Ich schniefe und schmiege mich an sie. Der Samt ihres Kleides riecht lecker nach ihrem Parfüm, ein schwerer und süßer Duft.

»Von Samstag auf Sonntag …«, sagt Mama und sieht mich ernst an.

Sie umarmt mich und wiegt mich in den Armen, wie ein Baby.

»… von Samstag auf Sonntag haben die Träume keine Bedeutung«, sagt sie mit fester Überzeugung. Ich werde ruhig, mein Bauch entspannt sich.

»Dann ist ja alles in Ordnung«, sage ich.

Das Wortbild

Der Montag ist seltsam. Das Wetter ist phantastisch, sonnig und freundlich. Aber Cherry steht auf dem Schulhof nur bei Tuula und Nesrin und tut so, als würden wir uns kaum kennen. Wir haben seit jener Nacht nicht mehr miteinander gesprochen. Die ersten Stunden vergehen langsam, dazwischen verschwinde ich auf der Toilette und frage mich, was denn eigentlich passiert ist und was ich falsch gemacht habe. In der großen Pause rede ich eine Weile mit Kerkko, der immer nett ist und nie auf die Idee kommen würde, zu fragen, warum ich sonst nie mit ihm spreche.

Kerkko kann einen neuen Trick mit seinem BMX und er wünscht sich ein neues Diabolo. Er fragt mich, ob ich Lust hätte, mit ihm zu üben. Ich kriege es kaum mit, bin aber dankbar, dass ich Ablenkung habe. Ich bin verkrampft und kann die Anspannung nicht abschütteln, ich sehe, wie Cherry in einiger Entfernung mit Tuula redet. Kerkko erwartet offenbar, dass ich etwas antworte, aber ich sage nichts. Ich bin erleichtert, als Nesrin mich zu sich winkt. Cherry würdigt mich weiterhin keines Blickes, während ich Nesrin die Mathehausaufgaben abschreiben lasse.

»Jetzt noch die Nummer Zehn. Habt ihr euch gestritten?«, fragt Nesrin. Ich schüttle übertrieben heftig den Kopf.

Nesrin blättert ihre Heftseite um, schreibt. Dann schaut sie unvermittelt auf, ich folge ihrem Blick.

Vor dem Schuleingang tauchen Andy und seine zwei Kumpels auf, die wie Affen Grimassen schneiden und herumspringen. Ich sehe genauer hin und erkenne, dass die Jungs zwei Schultaschen schleppen – die von Cherry und mir. Ohne einander anzusehen, rennen wir ihnen nach, sie hauen ab, wir verfolgen sie durch die Glastüren. Andy, Stef und Rainer flüchten grölend und trampelnd wie eine Herde Elefanten. Andy biegt in die Toilette ein, Stef und Rainer folgen ihm, wir hinter ihnen her wie ein Paar wütender Bienen.

Sobald ich und Cherry in der Toilette sind, schnappen uns Stef und Rainer und halten uns fest. Wir müssen zusehen, wie Andy lustvoll unsere Schulsachen nacheinander aus den Schultaschen fischt und in die Kloschüssel stopft.

»Und jetzt runterspülen!«, ruft er und dann: »Haha, noch nicht.«

Auf einmal lässt er einen triumphierenden Schlachtruf los. Er hält Cherrys Heft hoch. Ich halte die Luft an. In diesem Moment windet sich Cherry mit einer geschickten Bewegung frei und springt auf Andy zu. Rainer hält mich immer noch im Klammergriff, obwohl ich um mich trete. Andy weicht Cherry aus und hält das Heft über die Kloschüssel. Sie erstarrt und hält wutschnaubend inne.

»Willst du das hier?«, fragt Andy dreist.

Cherry ist unerwartet schnell und reißt das Heft Andy aus der Hand.

»Wollte ich eh nicht!«, ruft Andy, um seine Überraschung zu überspielen.

Er dreht sich um und steht nun direkt vor mir. Ich versuche, mich wieder loszureißen, Rainer tritt beiseite, Andy sieht mich an, direkt in die Augen. Bevor ich irgendetwas sagen oder denken kann, küsst er mich plötzlich auf den Mund. Überrascht starre ich ihn an. Ich vergesse komplett, dass ich empört und angewidert sein sollte. Dann schubst Cherry Andy zur Seite – und anstatt mir zu helfen, tritt sie mit voller Wucht gegen mein Schienbein.

Der Schmerz zieht mein Bein hoch bis in den Rücken. Ich lande auf dem gekachelten Boden. Auch die Jungs sind erschrocken. Rainer bietet mir seine Hand an, aber ich schubse seine schwitzige Pfote weg und rappele mich alleine hoch. Als die Schulklingel ertönt, latschen Andy, Rainer und Stef schweigend davon, ohne sich umzudrehen.

Cherry rührt sich nicht von der Stelle und starrt mich an. Ich wende mich von ihr ab, ziehe unsere Sachen aus der Kloschüssel, stopfe meine Hefte und Bücher in meine Schultasche. Dann wasche ich meine Hände und mein Gesicht mit Seife. Als ich fertig bin, steht Cherry immer noch da, mit einem trotzigen Gesicht, ihr Heft fest in der Hand. Sie schlägt es auf und starrt hinein, als würde sie gleich laut daraus vorlesen. Ich verlasse den Raum, ohne sie noch einmal anzusehen.

Zu Hause lege ich mich auf mein Bett. Schniefend streichele ich meinen Plüschvogel. Mein Handy ist auf lautlos gestellt und beginnt bald zu vibrieren, stundenlang. Ich unterdrücke mein Schluchzen, als könnte Cherry mich hören. Irgendwann kommt der Moment, in dem ich die Anrufe unerträglich finde, ich drücke mir ein Kissen auf die Ohren.

Später wache ich davon auf, dass die Haustürklingel klingelt. Sie klingelt lang, ohne Unterbrechung. Ich bin kurz verwirrt, aber dann fällt mir ein, dass Mama heute später kommt.

Ich öffne die Tür meines Zimmers und brülle die Wohnungstür an:

»Hau ab, ich will dich nie wieder sehen!«

Meine Stimme bricht. Aber sie klingt trotzdem nicht so piepsig wie sonst, wenn ich weine. Abrupt verstummt das Klingeln. Ich gehe in die Küche, schütte mir Schokopops in eine Schüssel und überlege kurz, ob ich mir ein Eis machen sollte. Aber ich finde keinen offenen Wein und der Kaffeelikör ist auch weg. Also nicht. Dann eben Schokopops.

Mir fällt auf, wie dreckig unsere Küche ist. Als wären wir wochenlang verreist und jemand anderes habe hier gehaust und niemals abgespült. Ich sammle das Geschirr in der Spüle, stopfe Zeitungen in die Altpapiertüte und binde den stinkenden Restmüll zusammen. Meine Augen brennen und meine Nase läuft. Als ich mich aufrichte, sehe ich Cherry. Sie steht draußen vor dem Haus und starrt auf das Küchenfenster.

Am nächsten Morgen entscheide ich mich, die Schule zu schwänzen. Ohne es Mama zu erklären, lege ich mich wieder ins Bett, sobald sie das Haus verlassen hat. Ihre Premiere rückt näher, ihre Proben beginnen jetzt früh. Angezogen liege ich unter der Decke und starre vor mich hin. Ich weiß, dass ich irgendwann wieder einschlafen werde und dann nicht mehr nachdenken muss. Gerade als ich kurz davor bin, knallt ein Steinchen gegen mein Fenster. Ich schrecke von dem kratzenden Geräusch auf, da rumst ein größerer Kiesel gegen die Scheibe. Ich versuche, nicht zu reagieren, stelle mich tot, bewege nicht einen Arm oder Bein, bis es aufhört. Ich zähle siebzehn Steine.

Als die Pause anhält, rolle ich mich zusammen und spähe aus dem Fenster. Cherry ist nirgends zu sehen. Ich stehe auf, gehe ins Bad und kämme mir die Haare. Gerne würde ich ihr sagen, dass ich nicht auf sie warte, doch das wäre gelogen. Insgeheim merke ich, wie froh ich wäre, noch viel mehr und immer weiter Steine zu zählen. Ohne dass ich es möchte, werde ich innerlich so hibbelig und aufgekratzt, dass ich es kaum noch zu Hause aushalte. Aber ich will Cherry nicht das Gefühl geben, dass ich ihr nachrenne, und so schnappe ich mir das elende Altpapier. Damit sie bloß nicht auf falsche Gedanken kommt.

Cherry ist nirgends zu sehen. Komischerweise finde ich hinter dem Papiercontainer ihre Schultasche. Ich sehe mich um, schließlich suche ich sie im Gebüsch. Cherry ist nirgends zu entdecken.

Kaum dass ich den Container aufschiebe, kommt mir ein dröhnendes Gebrüll aus den Untiefen des Papiermülls entgegen. Cherry fliegt mir entgegen, wie ein Springteufel aus der Kiste. Ich erschrecke mich zu Tode und muss lachen, auch wenn ich nicht will. Um nicht noch mehr zu lachen, drehe ich mich um und will gehen. Aber Cherry hält mich an der Hand.

»Alice, warte. Alice!«, ruft sie und klettert aus dem Papiercontainer. »Ich muss dir etwas sagen, es ist wichtig«, sagt sie.

Ich bleibe stehen. Cherry starrt mich an und schweigt. Ich warte.

»Also was?«, sage ich.

»Ich kann nicht. Ich kann es dir doch nicht sagen«, sagt Cherry dann. »Aber du hast mir eine Zeichnung versprochen, für mein Heft.«

Ich nicke und hoffe, dass es völlig unterkühlt wirkt. Vielleicht will ich sogar bleiben, aber irgendwie habe ich überhaupt keine Lust, Cherry die Versöhnung leicht zu machen. Ich rufe mir den Schmerz in Erinnerung, den sie mir zugefügt hat, und beiße mir auf die Lippen. Cherry läuft hinter mir her.

»Hast du mich gehört?«, fragt sie.

Sie nimmt noch mal meine Hand, die ich sofort wegziehe.

»Du hast dich nicht verabschiedet«, sage ich und fühle mich auf einmal butterweich. »Und dann … warum hast du … du hast …«

Ich verstumme, meine Augen fangen wieder an zu brennen.

»Ich weiß es nicht. Ich bin ein Idiot!«, sagt Cherry und stampft mit dem Fuß auf die Erde, um mir zu zeigen, wie sehr sie sich über sich selbst ärgert und wundert.

»Du bist meine beste Freundin«, sagt sie. »Du musst in das Heft reinzeichnen. Bitte. Mach das für mich, bitte.«

»Du spinnst doch total!«, sage ich.

»Ich habe dir ein Geschenk mitgebracht. Für das nächste Mal, wenn du auf mich böse bist«, sagt Cherry, verschränkt die Arme und macht einen Schritt nach hinten. »Nein, warte. Wenn wir uns das nächste Mal lange, lange nicht gesehen haben und du mich vermisst, dann machst du es auf«, sagt sie dann. Sie nimmt meine Hand. Diesmal lasse ich es zu.

»Ich will nicht, dass wir Streit haben«, sagt Cherry, drückt meine Finger fest zusammen und lässt sie wieder los.

»Aber warum …«, sage ich.

»Ich weiß nicht. Ich spinne«, sagt Cherry.

Wir stehen nebeneinander und schweigen. Ich höre die Vögel zwitschern und sehe, wie Cherrys Haare an der Stirn im Wind zittern.

»Und ich finde Andy zum Kotzen«, sagt Cherry.

Aus einem offenen Fenster hallt plötzlich »Please forgive me« von Brian Adams über unsere Köpfe. Wir wollen beide so tun, als sei das total egal und ein blöder Zufall. Aber wir kriegen beide feuchte Augen und können uns auch das Grinsen nicht verkneifen. Cherry wendet sich ab und wischt sich eine Träne aus dem blau geschminkten Auge.

»Wo ist mein Geschenk?«, frage ich.

Cherry klettert zurück in den Altpapiercontainer und hebt ein rechteckiges Päckchen hoch. Es ist mit einer hellblauen Schleife umwickelt. Meiner Schleife.

Den Rest des Tages verbringen wir im Papiercontainer. Wir vergraben uns in das Papier und bedecken unsere Köpfe mit einer ausgebreiteten Zeitung. Sobald jemand den Deckel öffnet und sein Altpapier reinschmeißen will, grölen wir mit verstellt tiefen Stimmen: »Gib mir dein Altpapier!«

Die meisten erschrecken sich zu Tode, versuchen aber, es nicht zu zeigen. Alle sind bemüht, sich keine Blöße zu geben. Manche geben einen spitzen Schrei von sich, manche fluchen. Nur einer hat bisher gelacht. Wir aber kichern die ganze Zeit und mir tut schon der Bauch weh. Irgendwann schiebt mir Cherry ihr Heft auf die Knie.

»Und? Weißt du es jetzt?«, fragt sie.

Mir fällt immer noch nichts zum Reinzeichnen ein, aber nachdem ich das schon so oft gesagt habe, springe ich diesmal ins kalte Wasser. »Ja, gib her«, sage ich.

Ich öffne das Heft. Zwischen den Seiten ist ein Stift eingeklemmt. Ich nehme den Stift, schließe das Heft wieder und öffne es noch mal mit geschlossenen Augen, um schicksalhaft eine beliebige Stelle zu finden.

»Hier. Schau weg!«, sage ich.

Cherry wendet sich ab, hebt mit dem Kopf den Containerdeckel und späht hinaus. Ich zeichne Buchstaben. L wie eine Tanne, O wie eine Kaulquappe, V wie ein Lächeln, E wie eine Gummischlange. A wie eine Hütte, L wie eine Katze mit einem langen Schwanz, I wie eine Kerze, C wie einen Halbmond mit Sternen drum herum. Und E wie einen Fisch mit Zähnen.

LOVE ALICE.

»Fertig?«, fragt Cherry ungeduldig.

Ich schließe das Heft, wende mich Cherry zu und ziehe meine Kette mit dem Herzanhänger über den Kopf.

»Das ist für dich«, sage ich.

Cherry lächelt, als ich ihr die Kette umlege. Wir sitzen still da, bis jemand den Deckel öffnet und eine Tonne Modezeitschriften über uns schüttet.

Das Monster

Und dann kommt der Tag, an dem etwas passieren wird. Ich trage mein Ausgehkleid und kämme mir das Haar und überlege mir ernsthaft, ob ich mir die Lider blau anmale wie Cherry. Ich stecke mir das Haar hoch und laufe durch die Wohnung auf der Suche nach einer Haarspange. Seitdem ich die Küche aufgeräumt habe, ist sie der einzige Ort, wo das Chaos gebändigt wurde. In allen anderen Zimmern ist es nur schlimmer geworden und seit gestern ist sowieso die Hölle los. Heute ist der wichtige Tag, heute ist Hannah Blumberg auf der Bühne und hat den Auftritt ihres Lebens, den Tag der Tage ihrer Karriere, heute ist die Vorstellung, für die wir hierhergekommen sind.

Für mich ist etwas anderes wichtig, nämlich Cherrys Karateprüfung, die darüber entscheidet, ob sie den grünen Gürtel bekommt. Ich soll zuschauen, Daumen drücken und klatschen. Ich bin mir ganz sicher, dass wir danach feiern werden, obwohl ich noch keine Idee habe, wie. Ich werde immer aufgeregter, je mehr ich mit meinen Vorbereitungen voranschreite. Ich gehe an Mamas Zimmer vorbei, um zu sehen, ob sie auch schon so weit ist.

Zu meiner großen Überraschung liegt Mama im Bett unter zwei Decken und sieht verdammt unglücklich aus. Um den

Hals hat sie einen überdimensionalen Schal gewickelt. Es ist schwer, zu ignorieren, dass sie offenbar darauf wartet, angesprochen zu werden.

»Mama, hast du meine Spange gesehen?«, frage ich.

»Ich kann mich nicht bewegen, Alice«, antwortet Mama heiser.

»Cherry hat heute ihre Prüfung. Ich gehe zuschauen«, sage ich.

Ich bekomme das ungute Gefühl, dass irgendetwas ganz anders laufen wird. Mama krümmt sich im Bett zusammen und rollt sich auf die Seite. Ich sehe auf die Uhr, ich muss gleich los.

»Mama?«, sage ich.

»Ah«, sagt Mama.

»Gehst du nicht bald ins Theater? Musst du heute nicht früher hin?«, frage ich.

Ich beginne, mir ernsthaft Sorgen zu machen.

»Ich kann mich nicht bewegen, Alice. Es geht nicht«, sagt Mama und alles in meinem Bauch wird kalt.

Was kann das nur sein und was kann ich tun?, denke ich. Ich gehe zu ihr und knie mich vor ihr Bett.

»Mama? Geht es dir nicht gut?«, frage ich unnötigerweise.

Es ist nicht oft passiert, dass sie krank war, und ich hatte noch nie Gelegenheit, mich an diese beängstigende Hilflosigkeit zu gewöhnen. Ich merke auf einmal, wie klein ich bin und wie alleine ich ohne Mama wäre. Dass niemand mehr auferlegt bekommt, als er bewältigen kann – das habe ich einmal in einer Fernsehserie gehört. Ich spüre meine Liebe und Verantwortung für meine Mutter, und in diesem Moment denke ich daran, dass ich ein auserwähltes Künstlerkind bin. Dass sie mich genauso braucht, wie ich sie brauche.

Cherry ist in diesem Moment längst für den Aufbruch bereit. Sie steht vor Micha, der auf der Couch schläft. Cherry weiß, kein Trompetenkonzert der Welt würde ihn aufwecken. Cherry trägt ihre Mütze und die Sporttasche mit dem Karatekostüm in der Hand.

»Papa! Fertig? Wir müssen los«, sagt Cherry zaghaft und trippelt nervös hin und her.

Micha reagiert nicht. Er hat getrunken, viel getrunken letzte Nacht. Keine zehn Pferde könnten ihn jetzt von der Stelle bewegen. Cherry tritt näher und sieht auf ihren schlafenden Vater hinab. Micha schnarcht.

»Papa?«, sagt Cherry leise.

Sie weiß, dass er es nicht mit Absicht tut, und sie weiß auch, dass er sie liebt. Sie weiß, dass er nur aus Versehen ausgerechnet gestern getrunken hat und dass sie selbst daran hätte denken müssen, ihn an die Prüfung zu erinnern. Trotzdem ärgert sie sich. Sie fasst an die Kette, die um ihren Hals hängt, sieht auf die Uhr. Dann fällt ihr Blick auf Michas letztes Schachspiel, das er nachts gegen sich selbst gespielt haben muss. Sie kippt das Spiel vom Tisch, die Figuren rollen über den Boden.

»Papa! Meine Karateprüfung!«, schreit sie ihn an.

Danach legt Cherry eine Decke über Micha. Beim Rausgehen räumt sie ein paar leere Bierflaschen beiseite. Sie weiß, dass Alice dabei sein wird, und es ist ja auch nicht ihre letzte Prüfung.

Ich inspiziere derweil Mamas Zustand. Es ist ein bisschen so wie früher, als ich einen Kinderarztkoffer hatte und wir Arzt und Patient gespielt haben. Damals wollte Mama unbedingt, dass ich mich für Medizin interessiere. Es hat nicht wirklich funktioniert. Dennoch bin ich voller Sorge.

»Mama, du musst aufstehen, du hast doch gesagt, es sei so wichtig!«, sage ich. Schließlich hat sie die letzten Wochen von nichts anderem geredet, schießt es mir durch den Kopf.

»Ich kann nicht aufstehen. Und ich kann nicht singen. Nicht heute«, wispert Mama.

»Aber deswegen sind wir doch hier. Traviata, dein Traum! Mama!«

Ich frage mich, ob ich einen Krankenwagen rufen muss oder ob es reichen würde, ihr ein Glas Wasser über dem Kopf auszuleeren.

»Es ist zu wichtig, Liebes, aber ich schaffe es nicht. Ich bin zu alleine. Ich schaffe manche Dinge einfach nicht, verstehst du?«, sagt Mama unendlich traurig.

»Du bist doch nicht alleine! Was ist mit mir?«, sage ich.

Aber sie hört nicht zu.

»Vielleicht ist es besser so, es ist ein Zeichen, nicht wahr, Dodo?«, flüstert sie schwach.

Ich wünschte, ich wäre ein Riese, der sie aus ihren verschwitzten Laken hochreißt und mit riesigen zwei, drei Schritten zum Theater trägt. Wie King Kong.

»Mama!« Ich werde nervös.

Es klingelt an der Tür. Ich sprinte aus Mamas Zimmer und drücke auf den Summer. Aber es klingelt noch mal, ohne dass die Haustür aufgeht.

»Cherry?«, sage ich in den Hörer.

Ich habe große Angst, etwas falsch zu machen. Gleichzeitig habe ich nicht den Eindruck, dass ich eine Wahl habe.

»Kommst du runter?«, fragt Cherry.

Ich kann an ihrer Stimme hören, dass sie aufgeregt ist und in Eile und dass sie mich braucht.

»Ich kann nicht«, flüstere ich in den Hörer, damit Mama mich nicht hört.

»Was?!«, sagt Cherry.

»Ich kann nicht, Mama geht es nicht gut, ich kann hier jetzt nicht weg«, sage ich.

Cherry hat meine Mutter immer gemocht, sie hat sie bewundert. Aber jetzt ist Cherry vor allen Dingen zu spät.

»Aber … Kommst du nach? Ich muss jetzt los«, sagt sie.

»Ich versuche es, ja? Ich … Es tut mir so leid, aber es geht wirklich nicht«, sage ich.

Es tut mir mehr leid, als ich es jemals mit Worten ausdrücken könnte.

»Ich warte auf dich!«, sagt Cherry freundlich, und ich bin erleichtert, dass sie mir antwortet.

»Stelle dir deine Hand und Fuß als Schwert vor!«, sage ich. Es ist eine Karateregel und das wollte ich ihr kurz vor der Prüfung sagen. Dann hänge ich den Hörer ein und kehre zu Mama ins Zimmer zurück.

Das Gespräch mit Cherry hat mir neue Energie eingeflößt.

»Du stehst jetzt auf«, sage ich energisch, so wie Cherry das tun würde. »Du musst da jetzt hin! Die müssen deinen Vertrag verlängern, oder? Das ist wichtig.«

»Ich bin nicht gut genug. Ich bin nicht gut genug«, jammert Mama, aber ihre Stimme fistelt nicht mehr, und ich weiß, dass ich auf dem richtigen Weg bin.

»Du hast gesagt, die Vorstellung ist ausverkauft. Und dass es unsere Chance ist«, sage ich. Ich klammere mich an diesen Strohhalm, seit Mama davon erzählt hat. Und es sah gut aus. Ich würde es nicht übers Herz bringen, von Cherry wegzuziehen. Mama starrt mich aus den Laken an, wie ein Karnickel aus dem Bau.

»Es sind die Nerven, Schatz. Ich kann nicht …«, sagt sie.

»Ich rufe uns ein Taxi«, sage ich und bin auf einmal der Riese, der ich gerade sein wollte.

»Uns?«, sagt Mama.

»Ich halte dir im Publikum die Daumen, ja, Mama? Wir müssen uns aber beeilen, oder?«

Ich greife unter die Decke und ziehe ihre schmale Hand heraus. Ich massiere die langen Finger und die zarte Handfläche. Mama schnieft, aber genießt es sichtlich.

»Ich habe Cherry abgesagt, sie versteht das. Sie hält dir auch die Daumen, hat sie gesagt. Komm, Mama, du kannst das Publikum nicht enttäuschen«, sage ich, gehe aus dem Zimmer und komme gleich wieder, mit einem Stapel glitzernder Abendkleider in den Händen.

»Welches wird's, Mama?«, frage ich.

Sie sitzt nun schon aufrecht da, ihre Augen sind weit offen und strahlen.

»Welches möchtest du anziehen?«, frage ich.

Cherry läuft unterdessen zum Karateunterricht. Um sie herum feiert der Frühling, der Wald zeigt sich flirtend von seiner schönsten Seite. Cherry springt auf den Kieswegen herum, macht Karatefiguren und wärmt sich auf. Um ihre Schulter baumelt die Tasche mit ihrer Jacke. Sie muss sich ganz auf sich konzentrieren, das nimmt sie sich vor, und darf nicht traurig darüber sein, dass alle sie im Stich gelassen haben. Sie fühlt sich nicht allein, es ist schließlich nicht die letzte Prüfung. Sie weiß, dass wir sowieso später zusammen feiern werden. Es geht einzig darum, den Geist zu befreien. Auch das ist eine Karateregel.

Ich sitze in Mamas Garderobe. Ein bunter Raum voller Licht und Stoffe, Pappköpfe mit Perücken und Unmengen von Schminkzeug. Assistentinnen, Visagisten, Schauspieler. Nervöse Leute. Mama trägt ein opulentes Ballkleid und wird von einer hageren Frau geschminkt. Ich stehe daneben und sehe zu. Mama starrt in den Spiegel, aber mit ihrer Hand greift sie nach mir. Kurz habe ich den Eindruck, als wäre ich viel älter und klüger – eine Respektsperson.

Während Hannah Blumberg geschminkt wird, macht Cherry Aufwärmübungen im leeren Studioraum. Sie springt von einem Bein aufs andere und schlägt mit fest zusammengedrückter Faust immer wieder in die Luft. Ihr rotes Haar ist zu einem Zopf zusammengebunden, wie bei einer richtigen Kampfamazone.

Die Musik verschlingt die Opernbühne. Mamas Gesang scheint von überall, nur nicht aus ihrer Kehle zu kommen. Sie leidet, liebt und verzweifelt, wandert auf der Bühne wie eine Betrunkene, schwankt vor Inbrunst. Ich frage mich, ob mein Vater auch diese Dimension an Gefühlen gekannt hat. Ich zittere, ich weiß, wie stark Mama sie sonst unterdrückt. Ich bin stolz zu sehen, wozu sie fähig ist, wenn sie sich gehen lässt und alles rauslässt.

Mama liegt auf einem riesigen Bett mitten auf der Bühne, Laken hängen von allen Seiten hinab, schleifen auf dem Boden, das Licht bildet einen Mondscheinkreis um sie. Sie trägt ein Nachthemd und hält einen Brief in der Hand, der sich wie eine Tapetenrolle über den Boden schlängelt. Sie macht den Mund auf, ihre Sirenenstimme strömt heraus.

Ich kann die Übersetzung des italienischen Gesangs oberhalb der Bühne auf einem schlichten Monitor lesen:

»Das Herz liebte einst so zärtlich, das Glück schien so unendlich! All das verschwunden … vorbei! Oh großer Gott! So hör die Gebete und dem verronnenen Leben verzeih die Wirrungen! Ach, erlischt, mein Leben erlischt, erlischt, mein Leben erlischt!«

Mamas Wangen sind rot angemalt, in die Musik um ihre Stimme herum werden Fastnachtsgeräusche des Karnevalumzugs vom Band eingeflochten.

Um Mamas Bett versammeln sich Alfredo, Graf Germont, Annina und der Arzt. Sie tänzeln in einer eleganten Choreografie um Mama herum und schauen betroffen. Mama singt: »Mir ist so leicht, auf einmal ging der Schmerz, alles zur Ruhe kam in mir, als ob durch irgendeine Kraft sei ich ins Leben zurückversetzt! Als ob … das Leben … Ja, das Leben ist zurückgekehrt! Oh Freude!« Sie sinkt zu Boden. Das Licht ist auf die kleine tote Violetta im Zentrum gerichtet.

Cherry und die anderen Karateschüler führen verschiedene Figurenformationen aus. Die karge Sporthalle ist weit weniger glamourös als die Oper, es gibt kein parfümiertes Publikum und keine Glatzen im Orchester. Die Prüfungskommission, die aus drei Lehrern besteht, sieht aufmerksam zu und nickt ab und zu, wenn die Figuren und Bewegungen stimmen.

Ich bin nicht dabei, als Cherry die komplizierte Kata vorführt, einen Bewegungsablauf, der einen Kampf gegen imaginäre Widersacher darstellt. Zum Schluss verbeugt sich Cherry und blickt ernst nach unten, während Hannah Blumberg wie eine Königin mit abgezählten Schritten zum Bühnenrand schreitet. Sie hat alles richtig gemacht. Das Licht aus dem Publikumssaal lässt Mamas Konturen verschwimmen. Ich höre, wie der tobende Applaus einsetzt, als würden tausend Steine rollen.

Cherry geht alleine nach Hause. Über ihre Straßenkleider hat sie ihren grünen Karategürtel gebunden, ihre Schritte sind beschwingt. Cherry läuft den einsamen Waldweg entlang. Sie hält eilig Schritt, hoppelt ab und zu und singt, damit der Weg kürzer wird. Sie weiß nicht, ob ich bereits zu Hause bin oder ob Micha schon wach ist.

»Iss das Törtchen, schnapp die Sahne, tanz durch Wölkchen, Krokodil! Geh mal schneller, steh mal leiser, dreh dich um, ich red mit dir …«, schmettert sie. Die schwarze Gestalt hinter sich bemerkt sie nicht. Auf dem Weg wechselt Dunkelheit mit hellen Laternenflecken. Cherry entscheidet sich für die Abkürzung durch die Schrebergärten.

Mama wird mit Blumen überschüttet und beklatscht. Das Publikum erhebt sich. »Hannah Blumberg!«, ruft jemand mit überschlagender Stimme, und der Applaus schwillt an wie ein dröhnender Donner. Mama verbeugt sich so, wie sich Cherry verbeugt hat, ihr laufen Tränen und Schweiß die Wangen hinab, sie sieht links und rechts auf die Seite der Bühne, die anderen Sänger kommen auf sie zu und verneigen sich ebenfalls. Und Cherry steht am Eingang von unserem Tannenbaumhaus. Spärliches Licht leuchtet auf ihr Gesicht, es ist schon ziemlich dunkel. Sie kniet sich auf die feuchte Erde und gräbt die Herzdame frei. Aber die Stelle unter dem Glas ist leer.

»Lass das Wasser, lass das Bangen und das Zaudern hinter dir – komm und tanz mit mir!«, flüstert Cherry ihr Liedchen automatisch weiter, aber sie spürt, dass sie lieber gehen sollte, dass sie ganz schnell nach Hause muss.

Ich stehe hinter dem Vorhang. Irgendjemand schubst mich nach vorne. Ich laufe zu Mama, die wieder alleine auf der Bühne steht. Das Publikum klatscht unaufhörlich. Hannah Blumberg drückt mich an sich. Die Hände der Klatschenden sehen aus wie flatternde Vögel. Ich sehe die schwingenden Flügel und für einen Augenblick höre ich das Vogelzwitschern. Die Scheinwerfer blenden mich, ich hebe die Hand vor die Augen. Licht überflutet alles um uns herum, das Klatschen dröhnt. Es wird zum dumpfen Lärm in meinem Kopf.

Cherry läuft durch Bäume und Büsche vom Tannenbaumhaus zurück zur Straße. Dann spürt sie die Bewegung von der Seite. Dann der Aufprall, Männerhände, die sie festhalten und zu Boden drücken und ihren Hals würgen. Cherry kämpft und versucht Michas geheimen Nasengriff, aber es klappt nicht.

Überall um uns herum liegen Blumen. Sie duften nicht süß, es riecht chemisch, wie in einer Blumenhandlung. Die Schminke auf Mamas Wangen ist verschmiert, aber vom Publikum aus ist es nicht zu sehen. Ich sehe sie an, die Hand vor den Augen, wie ein Kapitän das Land entdeckt. Sie erwidert meinen Blick. Wir nicken uns zu. So nah wie heute habe ich mich meiner Mutter noch nie gefühlt.

Eine Taxifahrerin im Rentneralter bringt uns nach Hause. Sie späht freundlich durch den Rückspiegel. Sie weiß nicht, wie wir eben beklatscht wurden, denke ich und finde es seltsam, dass die fremde Frau gar nichts von der Begeisterung weiß, die meine Mutter eben noch ausgelöst hat. Ich liege auf Mamas Knien und genieße meine Müdigkeit und das Geräusch der Straße. Auf Mamas Gesicht wechseln sich Dunkelheit und Laternenlichter ab. Dann setzt der Regen ein und trommelt auf die Scheiben und das Dach. Vor uns leuchten Bremslichter auf, unser Wagen schlittert ein wenig, bevor er zum Stehen kommt. Zu Hause versuche ich, Cherry anzurufen, aber keiner geht ran. Es ist schon spät, vielleicht schläft sie oder feiert ihren Sieg irgendwo in der Stadt mit Micha. Ich freue mich fast, dass sie nicht da ist – ich werte es als ein sicheres Zeichen, dass sie bestanden hat.

Am nächsten Morgen versucht Andy vergeblich, meinen Blick zu erhaschen. Tuula und Nesrin tuscheln, während die Lehrerin etwas in ihre Mappe einträgt. Kerkko zeigt mir sein neues Diabolo, das aus seiner Tasche ragt. Cherrys Platz ist in der zweiten Stunde noch immer leer und auch in der Pause kommt sie nicht.

Als die Tür in der vierten Stunde aufgeht und Mamas Gesicht erscheint, fangen meine Zehen an zu kribbeln. Sie sieht aufgequollen und verweint aus. Hinter ihr steht der Schulleiter. Er schmatzt nicht, sein Gesicht ist weiß und die Augen sehr dunkel. Einen winzigen Moment lang denke ich, es sei etwas mit meinem Vater. Und dass ich ihn nie kennengelernt habe, weil ich noch nicht sechzehn bin. Ich stehe auf und gehe auf Mama zu, die mich auf den Flur führt. Der Schulleiter geht in die Klasse und macht die Tür zu.

Mama tritt vor die Glastür. Sie kniet sich zu mir, hält meine Hände, spricht zu mir. Ich erfahre, wie Micha zusammengebrochen ist, als er von der Polizei geweckt wurde. Er bekam eine starke Beruhigungsspritze, sagt Mama, er ist in einer Klinik. Ich höre ihr zu, aber ich verstehe nicht mehr, was sie sagt. Nur dass niemand Cherrys Heft finden kann. Und dass ihre Tasche auf einem Feld liegt. Ich friere, mir ist übel, meine Ohren sausen. Mama schluchzt. Ihre Tränen empfinde ich plötzlich anmaßend, ihre Umarmungen unerträglich. Ich möchte weglaufen und stoße mit dem Gesicht gegen die Glasscheibe. Mama versucht, mich festzuhalten, aber ich habe das Gefühl, zu ersticken, wenn sie mich nicht loslässt.

In meinem Zimmer sehe ich mir meine Hefte und Bücher an, meine Kätzchenpostkarten an der Wand und die gesammelten Spielfiguren. Meine Hände zittern ein wenig.

Mit einem Blick streife ich das Froschlaichglas. Die schwarzen Punkte haben sich aufgerollt, manche wedeln mit dem Schwänzchen, manche fressen an dem Glibber, das zuvor ihre runde Zelle war. Ich habe das eine Glas, das andere steht in Cherrys Zimmer. Ich nehme es langsam, wie in Trance, und schütte alles aus dem Fenster. Glitschig fällt der Froschlaich auf das Gebüsch, ich schmeiße das Glas hinterher. Ein stechender Schmerz durchfährt mich. Die Frösche sind tot und wir werden sie nicht mehr zurück in den Teich bringen, diese Frösche kommen nie wieder.

Die Leere in mir ist eisig, ich drehe mich vom Fenster weg und fege alle meine Bücher mit einer Hand auf den Boden.

Schmeiße die Nachttischlampe um. Trete die Birne mit bloßen Füßen kaputt. Ich fühle nichts dabei. Das Bettzeug landet auf dem Boden, ich trete darauf herum, verwüste mein Zimmer. Ich sehe die Blutspuren auf dem Boden, sie sind überall, und ich öffne meinen Mund und möchte schreien. Aber es kommt keine Stimme heraus. Ich schreie lautlos. Meine Augen bleiben trocken. Ich kann keine einzige Träne weinen.

Kalte Spielzeit

Lange Zeit liege ich jede Nacht wach. Gelegentlich horche ich, wie Mama in ihrem Zimmer weint. Ich stelle mir vor, wie ich Mama sage, dass sie mir gleichgültig ist, dass mich ihre Oper nicht im Leben interessiert. Ich stelle mir vor, auf wie viel verschiedene Arten ich Cherry von der Sporthalle abholen kann, ich zähle, wie viele Möglichkeiten es gibt, nicht durch den Wald zu laufen, wie viele andere Mädchen denselben Weg vorher gegangen sind, ohne dass etwas passiert ist. Ich stelle mir vor, wie wir uns mit Tuula, Nesrin, Kerkko und sogar Andy befreunden und immer zusammen unterwegs sind. Wie bei Astrid Lindgren, keiner ist je allein. Ich stelle mir vor, ein Riese zu sein.

Ich habe nie etwas Persönliches über mich im Internet geschrieben. Ich wäre niemals auf die Idee gekommen, zu trampen, wenn ich den Bus verpasst habe. Wenn ich alleine unterwegs war, habe ich darauf verzichtet, Miniröcke zu tragen. Auf mich habe ich immer aufgepasst. Und ich mache mir Vorwürfe, dass ich nicht genug auf Cherry aufgepasst habe. Es fühlt sich an, als gehörte mein Leben nicht mir. Wer entscheidet darüber, wer von uns beiden es mehr verdient, erwachsen zu werden, die Schule zu beenden, mit einem Jungen zu schlafen?

Ich lege mich unter mein Bett, wickele mich in ein dünnes Laken und verstecke mich tagelang darunter. Mama schafft es nicht, mich hervorzulocken. Ich höre auf zu reden, weil es mir unnötig vorkommt. Auf die Toilette gehe ich nachts oder wenn Mama das Haus verlässt, um einzukaufen. Als sie mir nach einigen Tagen erklärt, dass man in Krankenhäusern zum Essen gezwungen werden kann, krieche ich auf mein Bett und bin bereit, Hühnerbrühe zu trinken. Manchmal versucht Mama, zerdrückte Kartoffeln oder Karotten in die Brühe zu schmuggeln. Ich schüttele nur mit dem Kopf, wenn die Brühe zu dickflüssig ist.

Irgendwann kommen Tuula und Nesrin. Mama lässt sie rein, und sie grüßen meine Mutter, als wären sie Verbündete. Sie setzen sich zu mir und erzählen irgendetwas von der Schule. Ihre Hände riechen nach Menthol-Zigaretten, ihre Münder hinterlassen Lippenstiftspuren auf den Teetassen. Sie erzählen, dass ein Mann verhaftet wurde. Sie zweifeln daran, dass es dieses schmächtige, unscheinbare Männchen gewesen sein soll.

»Ein Bauernopfer vielleicht«, sagt Tuula, und mir fällt ein, dass ihr Vater früher mit Micha Schach gespielt haben soll.

Als sie gehen, stelle ich mir vor, wie ich mich an dem Mörder aus dem Wald rächen werde. Ich schneide ihn in Stücke. Ich schlitze ihn wie einen Fisch auf. Ich werfe Steine auf seinen Bauch. Ich quäle ihn mit Feuer, mit Zangen, mit einem Beil. Ich wünsche ihm den Tod.

An einem Morgen macht Mama das Fenster in meinem Zimmer auf. Die frische Luft ist angenehm warm, es riecht nach blühenden Bäumen. Ich habe das Gefühl, Schuld auf mich zu laden, wenn ich den sonnigen Duft einatme. Mama kniet vor meinem Bett, verbirgt ihr Gesicht in den Laken und bittet mich um Verzeihung. Es erinnert mich daran, wie oft ich sie schon auf der Bühne habe niederknien sehen. Es fühlt sich falsch an.

»Du musst mich hassen«, sagt sie. »Ich hasse mich selbst.«

Dennoch lege ich meine Hand, die eine Tonne zu wiegen scheint, auf ihren Kopf. Mamas Schultern beben heftig. Als sie wieder geht, fasse ich die Stelle an, wo ihr Gesicht war. Sie ist ganz nass. Ich weiß, dass Mama trotzdem froh ist, dass ich an diesem Abend bei ihr war. Ich weiß, sie kann nichts dafür. Aber »es geschieht, was geschehen muss« wird sie nie wieder sagen.

Eines Tages klingelt es und Andy steht vor der Tür. Er setzt sich zu mir auf den Bettrand und widerwillig richte ich mich ein bisschen auf. Ich möchte nicht wie ein überfahrener Frosch vor ihm daliegen. Andy sagt gar nichts und ich bin froh darüber. Mama bringt uns einen Teller mit kleingeschnittenem Obst. Etwa zehn Minuten bevor Andy geht, legt er seine Hand über meine kalten Finger. Ich tue so, als merkte ich nichts, und Andy lässt seine Hand dort, bis er aufbricht. Als die Tür hinter ihm zufällt, stehe ich auf und gehe ins Bad. Ich möchte mich bloß kurz im Spiegel ansehen. Ich begreife, dass es mir nicht helfen wird, das Monster hinzurichten.

Nichts, was dem Monster Schmerzen zufügt, macht seine Tat ungeschehen. Nichts macht es besser. Mir wird schlecht, ich wanke zur Toilette, um zu sehen, ob ich mich übergeben muss. Ich bin erschöpft und völlig verwirrt. Ich brauche keine Rache.

Ich kann es nicht fassen, aber Mama bringt farbige Papierbögen und Kleber mit. Tagelang basteln wir Collagen, ohne miteinander zu sprechen. An einem Tag mache ich eine menschliche Figur, die wie ein Hefeteig-Männchen aussieht. Das bin ich, aber ich verrate es nicht. Ich schneide das Männchen in Stücke: die Arme und die Beine ab. Hilflos, unfähig, zu stehen, und nicht in der Lage, festzuhalten. Mama klebt die Gliedmaßen mit Pflastern wieder dran. Ich schneide sie wieder ab. Wir wiederholen das immer und immer wieder, mehrere Tage hintereinander.

Irgendwann sitze ich zum Abendessen wieder am Tisch. Sie ist glücklich, dass ich esse, und stört sich nicht an meinem Schweigen. Sie erzählt mir, dass sie erst seit meiner Geburt begriffen hat, wie kostbar und fragil ein Leben sei. Dass es deshalb zum Beispiel wichtig sei, sich von jedem, der einem wichtig ist, anständig zu verabschieden – egal wie lange oder wie weit man weggeht. Ich habe es viel früher begreifen müssen, denke ich. So viele Lektionen, so viele Regeln. Unglück geschieht immer aus Unachtsamkeit. Wir müssen immer aufpassen. Aber manchmal ist es bloß das Leben, das nicht auf uns Acht gibt.

Mamas Vertrag soll verlängert werden, aber wir entscheiden uns dagegen. Sie hat ein gutes Angebot in Wien, und ich kann mir nicht vorstellen, hier den Sommer zu verbringen.

»Wenn es dir dort gefällt«, sagt Mama, »bleiben wir dort. Ich kann unterrichten. Keine Umzüge mehr. Es sei denn, du willst immer noch ins Internat. Du darfst entscheiden.«

Ich bin mir nicht sicher, ob sie sich was vormacht.

»Gut«, sage ich. Mein erstes Wort, seit langem.

Ich schreibe Micha einen Brief. Ich schreibe, dass es mir leidtut, ihn nie in der Klinik besucht zu haben, und dass ich ihn nie vergessen werde. Ich schreibe, dass ich irgendwann vorbeikomme. Ich erzähle ihm von damals, als Cherry den Kürbis zertrat. Ich schreibe ihm meinen Albtraum. Schreibe, dass Cherry und ich sehr glücklich waren und dass er ein toller Vater ist. Unsicher bittet Mama darum, den Brief lesen zu dürfen, bevor ich ihn absende. Danach weint sie und sagt, dass sie stolz auf mich sei. Ich weine nicht. Ich weine gar nicht mehr.

Ich habe kein Patent für das richtige Gefühl oder Trauer. Meine beste Freundin ist ermordet worden. Sie lief abends alleine nach Hause, die schwarze Gestalt hinter ihr bemerkte sie nicht. Meine Freundin nahm eine Abkürzung, wie schon so oft. Ich war damals bei Mama auf der Bühne. Es war die beste Aufführung der Spielzeit. Wir waren nur für eine Spielzeit da, und es war nicht abzusehen, dass ich ausgerechnet hier meine beste Freundin treffe. Sie kämpfte, so heftig sie konnte, aber sie kam nicht mehr nach Hause. Ich habe keine Antworten gefunden, seit ich darüber nachdenke. Aber ich habe mich verändert.

Wenn ich aus der Tür gehe, kralle ich meine Schlüssel in der Hand fest, den längsten, den »französischen«, wie ein Messer nach vorne gestreckt. Ich gehe immer am innersten Rand des Bürgersteiges, weit von den Autos, nehme mir ein Taxi, wenn ich den Bus verpasse. Und wenn ich im Fahrstuhl fahre und ein Mann einsteigt, steige ich sofort aus, egal ob beim Zahnarzt oder im Einkaufszentrum. Ich tue es nicht, weil ich Angst habe. Ich halte mich bereit.

Als ich einmal das Gefühl habe, auf der Straße gehe ein Mann zu lange hinter mir her, drehe ich mich um und brülle ihn an. Manchmal fallen mir blasse Mädchen mit langen Haaren auf. Es gibt immer wieder diese Sekunden, in denen ich glaube, Cherry zu sehen. Das ist traurig. Die Sehnsucht nach Cherry hört nie auf.

Am Abschiedsgrat

Feierlich schwarz gekleidet, mit einer Tüte in der Hand, laufe ich durch den Wald. Es riecht nach Holz und Blumen, das Gras leuchtet in der Sonne. Ich überlege, wie viele Seelen in diesem Wald sind, Vögel, Tiere, Insekten, Larven, Spaziergänger. Es sind Tausende lebendiger, pulsierender und atmender Körper, in denen jeweils eine Seele lebt. Ich sehe in den Himmel. Über dem Blau rasen Wolken, verformen sich vor meinen Augen, als wollten sie Geschichten erzählen.

Ich gehe aus dem Wald auf die Lichtung zu dem Froschlaichteich. Der Wind spielt mit meinen Haaren und kitzelt mich im Gesicht. Als ich die Strähnen zurückstreife, spüre ich die kleine Narbe auf meiner Stirn. Mein Haar ist rot gefärbt, ich benutze die gleiche Farbe wie Cherry. Ich setze mich ans Ufer.

»Ich kann dich noch sehn: ein Echo,
ertastbar mit Fühl-
wörtern, am Abschieds-
grat«,
spreche ich sehr deutlich.

Das Wasser leuchtet in der Sonne. Ich stelle die Tüte neben mir ab und hole das Päckchen heraus. Es ist das Geschenk, das Cherry mir im Altpapiercontainer gegeben hat. Es sieht nicht mehr neu aus, aber es ist noch verschlossen. Ich wusste nie, wann ich es aufmachen sollte. Ich hatte Angst davor. Es ist das Einzige, was ich noch von ihr habe, denke ich, der Zeitpunkt muss stimmen, und ich darf nicht traurig sein. Heute weiß ich, dass ich es hier aufmachen muss, denn wir fahren nach Wien und das ist einfach viel zu weit weg.

»Dein Gesicht scheut leise,
wenn es auf einmal
lampenhaft hell wird
in mir …«

Ich schließe kurz die Augen. Ich halte Cherrys Päckchen in den Händen. Dann reiße ich das Geschenkpapier auf, langsam, aber nicht vorsichtig. Der Wind trägt die Papierstreifen davon, verteilt sie im Gras.

Das ist also Cherrys Geschenk, ihr Geschenk an mich aus dem Jenseits: Penispasta aus dem Scherzartikelladen. Sie werden groß, wenn man sie kocht. Ohne dass ich es steuern kann, ziehen sich meine Mundwinkel nach oben, ich muss breit lächeln.

»… an der Stelle,
wo man am schmerzlichsten Nie sagt.«

Ich sehe zur Seite. Dort, in der Sonne, sitzt Cherry, mit ihren blonden Haaren, so wie ich sie zum ersten Mal sah. Wir sehen uns an. Cherry lächelt zaghaft. An ihrem Hals blitzt mein Goldherz.

Ich habe das Gedicht von Paul Celan auswendig gelernt, jetzt verstehe ich es. Heute habe ich es ihr vorgetragen, weil sie Lieder und Gedichte so liebt. Ich weiß, dass sie es sofort begreift. Sie hat immer alles schneller als ich begriffen.

Ich nehme Cherry an der Hand und lege mich mit ihr zurück ins Gras, wie damals im Schnee, bei den Bahngleisen. Die Wolken rasen über uns, es ist, als würde ich fliegen. Die Sonne scheint auf meine ausgestreckte Hand, sie wird warm. Neben mir ist niemand.

Danksagung

Ich danke meiner über alles geliebten Mutter, ohne die kein Buch von mir möglich wäre, Waldemar, der mich mit seiner selbstlosen väterlichen Unterstützung stark gemacht hat, René für seinen Glauben an mich und Jurij für die anderen Perspektiven auf die Dinge.

Ich danke meiner Familie: Meinem geliebten Partner Johannes Held und unseren Krümeln Timon und Lennon, die mein Leben mit Farbe und Leidenschaft erfüllen, und Julius Heinicke, der in jeder Lebenslage meine bessere Hälfte ist.

Ich danke meinen besten Freundinnen in biografischer Reihenfolge: Galina Samsonova, Taneschka Korn, Farsaneh Ataie, Ramona Bobu, Hannah Hohlfeld, Jenny Sturm und Rebecca Brouwers. Ich danke meinem tapferen Widerstand Lara Schützsack, den drei Musketieren Gernot Wöltjen, Frank Oberhäußer und Florian Ehrich und der mitreißenden Antonia Schulemann.

Für die Freundschaft, Inspiration und den Rückhalt in diversen Lebenslagen danke ich Philipp Bellinger, Patrick

Dettling, Kathrin Dubowy, Oliver El Helou, Annabell Etzel, Sofia Faulseit, Joachim Friedmann, Peter Fischer, Lisa Gigling, Marc Kadziora, Florian Kleene, Karla Krause, Jörg Lohmann, Annouschka Mackrodt, Ellen Mappes, Susanne Metzger, Ralf Mohr, Mikko Pludra, York Fabian Rabe, Helga Rattay, Tillmann Rauhut, Dr. Schmuel Rodensky und Martin Hauss, Amelie Schützsack, Lars Domenik Schmidt, Eva Strasser, Chris Stöter, Natalie Steindl, Nuca Selbuz, Anna Lena Temme, Peter Volk, Anna Wendt und Carsten Woywood.

Ich danke meinem Deutschlehrer Gerhard Pohlmann für mein bestes Schuljahr und ich danke Franz Rodenkirchen und Robert Löhr für die zündenden Ideen.

Herzlich bedanke ich mich bei Margret und Fritz Günther Held, die mir immer wieder die wertvolle Zeit zum Schreiben schenken.

Ein besonderer Dank gilt Barbara Gelberg für ihre wertvollen Hinweise und Ratschläge sowie den Juroren des Peter-Härtling-Preises, die das Erscheinen dieses Buches möglich gemacht haben.

© Johannes Held / B&G

Nataly Elisabeth Savina

Nataly Elisabeth Savina, geboren 1978 in Riga, wuchs in Helsinki auf und machte ihr Abitur in Freiburg. Sie studierte Angewandte Kulturwissenschaften in Hildesheim und Drehbuchschreiben an der Film- und Fernsehakademie Berlin. Sie lebt mit ihrer Familie in Berlin. *Love Alive*, das mit dem Peter-Härtling-Preis ausgezeichnet wurde, ist ihr erster Roman bei Beltz & Gelberg.

Laurie Halse Anderson

Sprich

Aus dem Amerikanischen von Birgitt Kollmann
Roman, 276 Seiten (ab 14), Gulliver TB 78908

Es ist Melindas erstes High-School-Jahr; darauf hatte sie sich gefreut. Doch jetzt ist es wie ein böser Traum: Von ihrer Freundin wird sie geschnitten, die neuen Mitschüler reagieren abweisend. Melinda gilt als Zicke, seit sie auf jener Party die Polizei gerufen hat, aber nicht sagen wollte, warum. Sprechen kann und will sie darüber nicht …

Antje Wagner

Vakuum

Roman, 379 Seiten (ab 14), Gulliver 74494
Leipziger Lesekompass
Mannheimer Feuergriffel

Kora. Tamara. Alissa. Leon. Hannes.
Sie alle erleben am 17. August um 15:07 Uhr das Undenkbare: Die Zeit bleibt stehen und sämtliche Menschen sind verschwunden. In diesem beängstigenden Vakuum finden die fünf Jugendlichen nach und nach heraus, dass sie auf geheimnisvolle Weise miteinander verbunden sind …

GULLIVER

www.beltz.de
Beltz & Gelberg, Postfach 10 01 54, 69441 Weinheim